나의 서울대 합격 수기

나의 서울대 합격 수기

초판 1쇄 2018년 11월 10일
초판 2쇄 2022년 1월 15일

글쓴이 | 김성희 김이환 김창규 듀나 박애진 정명섭
펴낸곳 | 도서출판 단비
펴낸이 | 김준연
편   집 | 신수진
등   록 | 2003년 3월 24일(제2012-000149호)
주   소 | 경기도 고양시 일산서구 고양대로 724-17, 304동 2503호(일산동, 산들마을)
전   화 | 02-322-0268
팩   스 | 02-322-0271
전자우편 | rainwelcome@hanmail.net

ISBN 979-11-6350-005-6 03810

값 11,000원

국립중앙도서관 출판시도서목록(CIP)

국립중앙도서관 출판예정도서목록(CIP)
나의 서울대 합격 수기 / 글쓴이 김성희, 김이환, 김창규,
듀나, 박애진, 정명섭 ─ 고양 : 단비, 2018
        p. ; cm

ISBN 979-11-6350-005-6 03810 : ₩11000
한국 현대 소설[韓國現代小說]
813.7-KDC6
895.735-DDC23   CIP2018034171

청 소 년
S F 소 설
0 1

나의
서울대
합격 수기

정명섭

김창규

김성희

박애진

듀나

김이환

단비
danbi

차례

우주 택시

정명섭

정명섭

역사추리소설《적패》(전2권) 출간을 시작으로, 소설과 교양서를 비롯해 다양한 장르의 글을 쓰고 있다. 회사원으로 시작해서 바리스타를 거쳐 전업 작가로 활동 중이다. 남들이 다 아는 얘기보다는 잘 모르지만 꼭 알아야 하는 얘기를 들려주는 데 관심이 많다. 어린이와 청소년을 위한 작품으로《직지를 찍은 아이, 아로》,《쓰시마에서 온 소녀》,《명탐정의 탄생》,《사라진 조우관》,《미스 손탁》등을 펴냈다.

소행성 지대가 보이자 경보장치가 시끄럽게 울어 댔다. 하지만 철우는 가볍게 무시하고 오히려 가속 페달을 밟으며 외쳤다.

"꽉 잡아요!"

순간가속을 해야 요금이 더 올라가는데 이런 경우가 가장 좋았다. 왜냐하면 뒷좌석의 승객들이 비명을 지르느라 눈치채지 못하기 때문이다. 라루나에서 채굴한 메탈 알루미늄 소재 가면을 쓴 남자 승객이 비명을 질렀다. 그 옆에 탄 테르마니아 행성 출신 여자 승객은 남자 무릎에 머리를 쑤셔 박았다.

초속 8킬로미터로 날아오는 운석들이 조종석을 가득 채웠다. 불규칙한 궤적 때문에 대부분의 우주 택시들은 이곳에 들어오지 않는다. 재수 없이 고장 나면 구조 우주선이 오기도 전에 운석들에 치여서 가루가 되기 때문이다. 하지만 이 소행성 지대는 장점이 하나 있다. 프록시마 D 행성과 고스나 우주 정거장을 아주 빠른 속도로 갈 수 있다는 것이다. 정상 궤도라면 1.5광속으로 달릴 수 있는 13세대 우주 택시로 가도 3.4일이 걸린다. 하지만 여기로 가면 철우가 모는 구닥다리 8세대 우주 택시로도 1.8일이면 충분했다.

"그만! 제발 멈춰!"

가면을 벗은 남자 승객의 코와 입에서 체액이 흘러나왔다. 그걸 본 철우는 짜증이 났다. 미세한 체액이 우주 택시 안을 떠돌면 다음 승객이 좋아하지 않기 때문이다. 거기다 오늘은 생각보다 운석들이 많았다.

'우주 폭풍이라도 몰려오는 건가!'

시끄럽게 울어 대는 경보장치를 끄고 조종간을 움켜잡았다. 눈에 보이는 운석들은 어떻게든 피했지만 작은 크기의 우주 먼지들은 어떻게 해볼 수가 없었다. 우주 택시의 동체를 쉴 새 없이 두들겨 대는 소리를 들은 남자 승객이 말했다.

"비가 내리는 소리 같군."

"비? 그게 뭔데요?"

대답은 듣지 못했다. 다른 운석과 충돌했는지 초속 20킬로미터는 될 것 같은 속도로 운석이 날아왔기 때문이다.

"젠장!"

철우는 있는 힘껏 조종간을 당겼지만 운석은 삽시간에 조종석을 가득 채웠다. 뒷좌석의 여자 승객이 엄청 큰 비명 소리를 질렀다.

고스나 우주 정거장은 프록시마 행성계 중간에 위치했다. 그래서 철우 같은 기사들이 모는 성간 우주 택시와 외행성계에서 온 대형 우주 화물선, 태양계에서 온 정기 우주선들이 쉴 새 없이 들이닥쳤다. 덕분에 관제 AI가 있음에도 불구하고 관제사들이 도크에 나와서 일일이 우주선의 이착륙을 도왔다.

테오도스는 관제사 중 가장 나이가 많고 노련했으며 입담도 좋았다. 그래서 철우는 늘 그가 관제하는 Q-222 도크에 착륙했다. 도크에 접근하자 예인 광선이 우주 택시에 접촉하는 것이 느껴졌다. 덜컹 하는 소리와 함께 우주 택시가 서서히 도크 안으로 들어갔다. 랜딩 기어가 바닥에 닿는 소리가 나자 뒷좌석의 남녀 승객은 허겁지겁 산소 마스크를 쓰고 밖으로 나갔다. 그 모습을 본 테오도스 아저씨가 혀를 찼다.

"내가 택시는 단골 장사라고 했잖아."

"1.83일 만에 도착했으니까 신기록 맞죠?"

철우의 물음에 테오도스 아저씨는 머리를 옆으로 기울이면서 생각에 잠겼다.

"아니, 1.827일이 최고 기록이야. 기록을 세운 사람은……."

"아버지였겠죠."

철우는 고개를 끄덕거리는 테오도스 아저씨를 바라봤다. 30년
전 마지막으로 벌어진 조합 전쟁 때 크게 부상을 당한 테오도스
아저씨의 몸은 모두 기계였다. 얼굴도 싸구려 딜라스턴 금속으로
만들어서 몹시 어둡고 표정이 없었다. 팔과 다리도 구식 실린더를
사용해서 움직일 때마다 치익거리는 소리가 났다. 하지만 어릴 때
부터 이 모습을 보고 자란 철우에게는 별로 이상할 것이 없었다.

테오도스 아저씨가 철우에게 말했다.

"따라오너라."

"무슨 일인데요?"

"사무실에서 얘기하자."

철우는 테오도스 아저씨를 따라갔다. 아저씨가 다리를 움직일
때마다 실린더가 내뿜는 증기가 철우의 눈앞을 가렸다. 우주복을
입고 헬멧을 옆구리에 끼고 가던 조종사들이 신기하다는 듯 지켜
봤다. 그럴 수밖에 없는 것이, 테오도스 아저씨의 다리는 두 개가
아니라 네 개였기 때문이다.

중력 엘리베이터를 타고 지하로 내려간 테오도스 아저씨가 사
무실로 들어섰다. 그리고 다리 하나를 들어서 장난스럽게 머리를
긁었다. 하지만 철우는 심드렁하게 물었다.

"따로 시키실 일 있어요?"

"예약이 하나 들어왔는데 말이야."

테오도스 아저씨가 다리를 들어서 모니터를 켰다. 화면에 나타

난 천체를 본 철우가 물었다.

"여긴 어디죠?"

"프록시마 413 C 행성 외곽이다. 프라이스 블랙홀이 있는 곳이지."

철우는 온몸이 굳어졌다. 테오도스 아저씨가 인공 안구로 된 눈에서 빛을 쏴서 한 지점을 찍었다.

"행성 외곽 0.7광년 떨어진 곳에 우주선의 무덤이 있어. 거길 보고 싶어 한다는구나."

"어떤 미친 작자가요?"

"UNA."

"연합운송조합에서 왜요?"

철우의 물음에 테오도스 아저씨가 금속으로 된 어깨를 으쓱거렸다.

"보상을 노린 가짜 사고를 조사할 계획인가 봐."

"그 일이랑 저길 조사하는 거랑 무슨 상관인데요?"

"블랙홀 근처에 갔다가 중력 때문에 파손되었다고 하고 비상탈출을 하는 거지. 그리고 보상금으로 새 우주 택시를 사들이곤 해."

"그렇군요."

"내가 너한테도 해보라고 했잖아."

"관심 없어요."

철우가 퉁명스럽게 대답하자 테오도스 아저씨는 인공 안구의 빛을 꼈다.

"어쨌든 연합운송조합에서 낌새를 챈 것 같아. 조사관을 파견해서 우주선 무덤을 살펴보겠다고 하더라."

"하라고 하면 되잖아요."

"그러라고 했지."

철우가 뭐가 문제냐는 눈빛으로 바라보자 테오도스 아저씨가 모니터에 뜬 천체에 좌표를 찍었다.

"조사관이 가 보겠다고 통보한 곳이야. 여기 버려진 우주 택시들은 사고가 난 게 아니라 갖다 버린 폐품이지."

철우는 무슨 얘기를 하려는지 눈치를 챘다.

"적당히 속이라는 말이죠?"

"지금까지 조사관들은 고스나까지만 왔다가 영상이랑 비상통신 내역만 챙겨서 가져갔지. 아니면 아예 오지 않거나. 그런데 이번은 좀 다를 것 같아."

"하긴. 좌표를 직접 찍은 걸 보면 뭔가 알고 있다는 것 같네요."

"연합운송조합은 기사들에 대한 통제력을 높이고 싶어 해."

"그동안 너무 자유롭긴 했죠."

테오도스 아저씨는 금속으로 붙여 놓은 눈썹 부분을 찌푸렸다.

"기사들은 누구에게도 종속되지 않아. 연합운송조합이건, 어디건."

"그런 건 관심 없어요. 할 얘기가 뭐예요?"

"조사관을 네가 안내해라."

"저 프리랜서예요."

"그러니까 맡기는 거다. 기사조합에서 나서면 저쪽에서 의심할 가능성이 높아. 거기다 아무나 붙여 놓으면 이것저것 떠들 가능성도 많고 말이야."

철우는 피식 웃었다. 지구 나이로는 이제 10대 중반이지만 우주 택시를 몰면서 노련해질 대로 노련해진 상태라서 무슨 뜻인지 금방 알아차린 것이다.

"그럼 저는 믿으십니까?"

테오도스 아저씨는 말없이 철우를 바라보았다. 인공 안구는 한없이 차가워 보였다.

"나는 네 아버지의 유일한 친구다. 어릴 때부터 널 돌봐 왔지. 혼자 뛰는 너를 기사조합에서 그냥 놔둔 이유가 뭐라고 생각하냐?"

"아버지가 우주에서는 아무도 믿지 말라고 그러셨어요."

"정작 네 아버지는 그 얘기를 따르지 않았지."

옛날 같았으면 화를 냈겠지만 철우는 무덤덤했다. 그런 철우에게서 시선을 돌린 테오도스 아저씨가 천체를 띄운 화면에 좌표를 새로 하나 찍었다.

"조사관이 KX 구역도 돌아볼 예정이다. 거긴……"

"아버지가 실종된 곳이네요."

철우는 굳은 표정을 하고 화면 쪽으로 다가갔다.

"KX 구역은 통행금지 구역으로 지정된 곳 아닌가요?"

"조사관의 요청으로 연합운송조합에서 일시 해제했다. 조사관을 태우고 돌아본 후에, 금지 조치가 재개되기 전에 다시 가 볼 시간이 있을 거다."

"제가 갈게요."

철우의 얘기에 테오도스 아저씨가 고개를 끄덕거렸다.

"우리에게 협조한다고 약속하면."

"어떻게요?"

"겁을 좀 적당히 주고 엉뚱한 얘기만 하지 않으면 돼. 어차피 거긴 오래 있을 곳도 아니잖아."

"그렇긴 하죠."

"너만 믿는다."

철우는 팔짱을 낀 채 화면을 응시하면서 고개를 끄덕거렸다. 사라진 아버지를 찾을 절호의 기회가 온 것이다. 철우의 귀에 테오도르 아저씨의 목소리가 파고들었다.

"사흘 후에 출발이다. 택시는 놓고 가면 내가 깔끔하게 수리해 놓으마."

약속한 날, 고스나 우주 정거장 도크에 도착한 철우는 테오도스 아저씨를 발견했다. 그리고 옆에 서 있는 연합운송조합의 조사관을 보고는 할 말을 잃었다.

"맙소사."

상대방은 그런 태도가 익숙한지 자연스럽게 말을 건넸다.

"파일럿인가요? 저는 연합운송조합의 수석 조사관 라푸아나 리아징 클레이토스예요. 그냥 클레이라고 불러요. 참고로 지구인 기준으로 여성입니다."

녹색 피부에 돌출된 초점 없는 눈, 턱 아래 수염처럼 늘어진 촉수들과 두 개밖에 없는 손가락을 가진 외계인 여성 클레이가 다정하게 웃었다. 인류는 우주로 진출하면서 외행성계에서 외계인들과 접촉했다. 하지만 태양계와 가까운 프록시마 행성계는 상대적으로 외계인이 적었다. 정기 우주선을 타고 온 관광객들이나 조합들과 일하는 사무관들이 대부분이었는데 우주 택시를 모는 철우가 이들을 만날 일은 드물었다. 철우는 옆에 서 있는 테오도스 아저씨를 노려봤다. 테오도스 아저씨는 철우의 눈길을 못 본 척 피하면서 인공 안구로 화면을 띄웠다.

"요청하신 지점의 좌표와 경로를 다시 전송해 드립니다. 무슨 일이 생기면 지체 없이 광통신으로 연락 바랍니다."

"친절하시군요."

그녀의 말에 테오도스 아저씨가 씩 웃었다.

"연합운송조합이랑 더 이상 사이가 나빠지는 걸 원하지 않습니다. 그러니 무사히 다녀오십시오."

"감사합니다."

얘기를 나눈 테오도스 아저씨가 철우를 힐끔 바라봤다가 돌아섰다. 철우는 속으로 나지막하게 투덜거리고는 랜딩 기어 사이로 내려온 트랩을 타고 우주 택시로 올라갔다. 뒤따라 올라온 클레이가 신기한 듯 내부를 돌아봤다.

"우주 택시는 처음이에요."

"기본적으로 다른 행성 간 운행 우주선과 같아요. 단지 택시조합에 소속되어 있느냐 아니냐 차이뿐이죠."

"이것저것 개조가 되었다고 하던데요. 예를 들면 이온 플라스마 엔진 대신 슈퍼 타키온 엔진 같은 걸로 교체했다든지."

"그런 건 10세대 이후에나 해당되고요. 이건 8세대라 엔진 교체가 안 되어 있습니다."

조종석에 앉은 철우는 예열을 시켜 놓은 엔진의 온도를 확인하고는 점화 장치를 켰다. 수면 캡슐이 있는 뒷좌석에 앉을 줄 알았는데, 클레이는 옆자리에 앉았다.

"모험을 즐기는 사람들은 이 자리를 좋아한다고 하던데요."

"좋을 대로 하세요."

철우가 추진기를 점검하는 동안 클레이가 말을 걸었다.

"우주 택시들은 불법 개조와 과속으로 늘 말썽을 일으켜요. 그래서 연합운송조합에서 늘 골머리를 앓죠."

"그건 높으신 분들 얘기고요. 행성 간 정기 우주선은 너무 느리고, 연합운송조합에서 운행하는 긴급 연락선은 너무 비싼 데다가 경로가 일정해서 원하는 곳에 못 가요. 급한 일로 어디론가 가야 할 사람들에게 우주 택시는 필수적이에요."

"그러다가 사고가 나면 뒷수습은 연합운송조합이 맡아야 해요."

"그럼 조합 전쟁이라도 벌이면 되겠네요. 우주를 오가다 보면 이렇게 넓고 광활한 곳을 자기 마음대로 통제하겠다고 마음먹은 게 얼마나 어리석은지 알 겁니다."

퉁명스럽게 대꾸하고 추진기 점검을 마친 철우는 시동을 걸고 곧장 도크 밖으로 우주 택시를 몰았다. 도크 안팎은 엄청 혼잡했지만 상처투성이인 철우의 우주 택시를 본 다른 우주선들이 얌전하게 물러났다. 예인 광선이 거미줄처럼 뻗어 있는 고스나 우주 정거장을 벗어나자마자 철우는 추진기를 최대 출력으로 켰다. 가속이 붙자 중력 감속 시트에 몸을 파묻은 클레이가 물었다.

"8세대 우주선이 어떻게 이렇게 속력이 빠르죠?"

"선체 전체에 마그넷 코팅을 했으니까요. 보조 추진기도 다른 우주 택시의 두 배나 되고요."

"불법 개조는 권장 사항이 아니에요."

"연합운송조합이 권장한 대로 추진기와 엔진을 쓰면 너무 느려요. 어차피 불법 개조했다가 사고 나면 보상 안 해주잖아요."

손목에 찬 밴드에서 띄운 영상으로 경로를 살펴보던 클레이가 말했다.

"그렇다고 가짜로 사고를 내고 교체하는 건 조약 위반이에요."

"소문은 들었지만 아는 거 없습니다."

"택시 기사들끼리의 암묵적인 의리인가요? 그나저나 나이가 꽤 어려 보이네요."

"지구 나이로 16살입니다. 12살부터 우주 택시를 몰았죠."

"지구에 가 본 적 있어요?"

"아뇨. 얘기만 들었어요."

철우의 말을 들은 클레이가 화면을 바라보면서 입을 열었다.

"지구인들은 이미 오래전에 떠나온 행성을 기준으로 삼고 있군요. 참 이상해요."

"언젠가는 지구로 돌아갈 거라고 생각해서 모든 걸 맞췄다고 하더라고요. 택시도 수백 년 전에 지구의 표면을 달리던 운송기관이래요. 기사들은 택시를 모는 조종사였고요."

철우는 슬쩍 말머리를 돌렸다.

"당신이 사는 곳은 어때요?"

"전기 폭풍과 괴수가 사는 바다뿐이에요. 정겹기는 한데 지루한 편이죠. 지구 나이로 230살 때 떠난 이후 안 가 봤어요."

흠칫 놀란 철우가 돌아보자 클레이가 씩 웃었다.

"우리 종족의 평균 수명은 지구 나이 기준으로 1,200살이에요. 중간에 냉동 수면을 하면 더 늘어나죠. 그나저나 12살이면 면허가 나오기에는 너무 어리잖아요."

"걸음마를 떼고 중력 신발을 벗을 때부터 아버지랑 같이 우주 택시를 타고 다녔어요. 그러니까 염려하지 말아요."

"그럴게요. 첫 번째로 조사할 곳은 여깁니다."

클레이가 밴드에서 띄운 화면을 본 철우가 말했다.

"KX 23316698 지점이군요."

"이곳이 당신 아버지 한태웅 씨가 실종된 곳 근처 맞죠?"

아버지 이름을 듣자 철우는 순간 긴장했다.

"어떻게 압니까?"

"조사 보고서를 읽었으니까요. 그 건을 포함해서 의심스러운 일들이 많아요."

"어떤 게 의심스러운데요?"

철우의 물음에 클레이가 나지막한 목소리로 대답했다.

"기사들이 낡은 택시를 바꾸기 위해 고의로 사고가 났다고 하고 보상금을 받아 가는 일이 너무 빈번해서요."

"빈번하다는 건 상대적이라서 뭐라고 할 얘기가 없네요. 저는 조합 소속이긴 하지만 프리랜서라서요."

"그래서 조합 측에 당신을 섭외해 달라고 했어요."

"저에게 정보를 캐낼 수 있으리라는 기대는 하지 마세요. 할 말도 없고, 아는 것도 없으니까요."

"그 얘긴 당신 아버지가 실종된 지점으로 가서 나눠 보는 건 어때요?"

철우는 잠시 고민했다. 뭔가 일이 꼬여 간다는 느낌이 들었지만 아버지가 실종된 현장을 돌아볼 수 있는 기회를 놓치고 싶지 않았다. 철우는 추진기 가속 버튼 옆에 있는 성간 통신기의 버튼을 눌렀다.

"궤도 진입 중입니다. 갔다 와서 봐요, 아저씨."

통신을 마친 철우는 추진기의 출력을 조정해 궤도에 진입했다. 검은 바다처럼 펼쳐진 우주에도 눈에 보이지 않는 항로들이 존재했다. 그 항로를 따라 각종 우주선들이 오갔는데 속도와 코스를 조정하는 건 우주 정거장의 관제 AI들 몫이었다. 관제 AI와 접속한 철우는 자동 조종장치를 켠 다음 클레이에게 말했다.

"지구 시간으로 하루 정도 걸릴 겁니다. 그동안 수면 캡슐에서 좀 쉬세요."

철우는 별을 너무 오래 바라보면 안 된다는 아버지의 말을 종종 잊어버렸다. 자전을 하는 별들을 계속 바라보면 균형감각을 상실해서 궤도를 이탈할 수 있었지만 그래도 별을 바라보는 게 좋았다. 자동 조종되는 우주 택시의 운전석에 앉아 있던 철우는 수면 캡슐이 열리는 소리에 고개를 돌렸다. 수면 캡슐에서 나온 클레이는 작은 스프레이 같은 것을 몸에 뿌렸다.

"뭐 하고 있었어요?"

턱에 난 촉수를 조심스럽게 매만지며 자리에 앉은 클레이가 물었다.

"별 보고 있었습니다."

"기사 일을 하면서 계속 보지 않나요?"

"봐도 봐도 안 질려요. 사실 아버지는 별을 너무 오래 바라보면 안 된다고 하셨어요."

"왜요?"

"자전을 하는 별을 계속 보면 균형감각을 잃어서 궤도를 이탈할 수 있거든요."

클레이는 턱에 있는 촉수를 만지면서 얘기했다.

"우린 이 촉수 덕분에 균형감각을 안 잃어버려요."

"부러운 기능이네요."

계속 같이 있다 보니 낯설다는 느낌이 많이 사라졌다. 철우는 한결 편안해진 마음으로 조종석의 패널을 들여다봤다.

"첫 번째 목표지점에 거의 다 왔습니다. 어떻게 조사할 겁니까?"

"우주복을 입고 나가서 직접 살펴볼게요."

클레이의 말에 철우가 걱정스러운 표정으로 대답했다.

"여긴 우주선의 잔해들이 많아서 위험할 수 있어요."

"에어록이 저쪽이죠?"

의자에서 일어난 그녀가 뒤쪽 비상통로 끝에 있는 에어록을 가리키면서 물었다. 그리고 대답을 듣기 전에 가져온 우주복을 입었다. 녹색 우주복은 주름들이 잔뜩 잡혀 있어서 괴상해 보였다. 철우는 추진기를 끄고 자세 제어 시스템인 RCS를 켜면서 대답했다.

"최대한 붙이겠지만 조심해요."

"그럴게요."

우주선 무덤 지역에 들어서자 별 대신 부서지고 뒤틀어진 우주선의 잔해들이 보였다. 프라이스 블랙홀의 중력이 사라지는 끝 지점이라서 우주를 떠돌던 잔해들이 모여 있었다. 버려진 우주선의 귀중품을 찾아서 오는 경우가 종종 있다. 하지만 작은 부속 같은 게 엔진에 끼는 골치 아픈 일도 벌어질 수 있어서 웬만하면 얼씬도 하지 않았다. 철우는 압축질소를 분출하면서 우주 택시를 조심스럽게 움직였다. 작은 우주 쓰레기들이 날아와서 부딪치는 소리가 들렸다. 통신기로 클레이의 목소리가 들렸다.

"에어록 개방해 주세요."

"알겠습니다."

에어록을 개방하는 레버를 돌리자 공기가 빠지는 소리가 들려왔다. 잠시 후, 에어록을 나온 클레이가 우주를 유영하는 모습이 모니터로 잡혔다. 비상탈출용 캡슐이 떨어져 나간 우주 택시는 불에 타고 부서진 채 버려졌다. 촉수를 보호하기 위해 턱이 길게 늘어난 녹색 우주복을 입은 클레이가 천천히 우주 택시의 잔해로 다가갔다. 찌그러진 우주 엔진 쪽으로 다가간 클레이가 작은 기계를 꺼내서 안쪽으로 밀어 넣었다. 궁금해진 철우가 물었다.

"그건 뭡니까?"

"소형 감지기예요."

"정교한 기계인가 봐요."

"아뇨. 엘다도라는 벌레예요. 열과 빛에 민감하게 반응해서 감지기로 써요."

벌레를 이용해서 엔진 쪽을 한참 조사하던 클레이는 조종석 쪽으로 향했다. 조종석을 통해 안으로 들어간 클레이가 한참 동안 모습을 보이지 않자 철우는 슬슬 불안해졌다. 통신기에 대고 괜찮냐고 외치려는 순간 다른 목소리가 끼어들었다.

"철우야!"

"테오도르 아저씨? 왜 성간 통신기가 아니라 비상 통신기를 쓰신 거예요?"

"비상상황이라 그런다. 조사관 옆에 있으면 아무 말 하지 말고, 없으면 대답해라."

"밖에 나갔어요."

"이상한 건 없었니?"

주저하던 철우가 대답했다.

"저한테 새로운 목적지를 알려 주고 성간 통신기를 끄라고 했습니다."

"그럴 줄 알았다. 내 말 잘 들어라. 그 외계인은 가짜야."

"뭐라고요?"

"아무래도 이상해서 연합운송조합 쪽에 슬쩍 찔러 봤지. 그랬더니 자기 소속이 아니래."

"그럼 정체가 뭐래요?"

"몰라. 어쨌든 조사관은 아닌 게 확실해. 지금 뭘 하고 있니?"

"버려진 우주 택시를 살펴보고 있어요. 특별히 이상한 건 없는데요."

철우의 얘기를 들은 테오도르 아저씨의 목소리가 통신기에 울려퍼졌다.

"최대한 빨리 갈 테니까 조심해라."

"네."

통신을 마친 철우는 에어록이 열리는 소리에 깜짝 놀랐다. 통신을 하는 사이 조사를 마친 클레이가 들어온 것이다. 클레이는 옆자리에 앉아 부서지고 불에 탄 흔적이 있는 금속 조각을 보여 줬다.

"조종석에서 찾은 거예요."

그녀가 내민 것은 티타늄에 라루나에서 캐낸 망간을 섞어서 만든 것이었다. 튼튼하고 잘 휘어졌지만 값이 비쌌기 때문에 조종석 주변같이 중요한 곳에만 썼다. 철우가 영문을 모르겠다는 듯 물었다.

"이상한 게 있나요?"

"저 우주 택시는 엔진에서 스파크가 튀면서 화재가 발생한 게 사고 원인이에요."

"그러니까 불탄 게 정상 아닌가요?"

"비상탈출 캡슐이 사출되고 진공 상태라면 화재가 날 수 없어요. 거기다 이게 녹아서 뒤틀릴 정도면 엄청 고열이었다는 얘기잖아요."

철우는 단번에 그녀의 얘기를 눈치챘다.

"일부러 폭파시켰다는 뜻인가요?"

"데이터를 좀 더 모아 봐야겠어요. 다음으로 이동해 주세요."

일이 슬슬 복잡해져 간다는 느낌이 들었지만 일단 테오도르 아저씨가 올 때까지는 버텨야만 했다.

위험하지만 지루한 조사가 반복되었다. 조사 지점에 도착하면 에어록으로 나간 그녀가 부서진 우주 택시를 조사해서 증거들을 차곡차곡 모았다. 철우는 기사들이 낡은 우주 택시를 이곳으로 몰고 와서 일부러 파손시킨다는 것을 알고 있었다. 비상탈출 캡슐을 써서 귀환한 후에 보상금을 신청해서 높은 등급의 우주 택시를 받는 것이다. 흔해 빠진 방식이고, 딱히 누군가 피해를 입는 것도 아니기 때문에 다들 눈치껏 감행했다. 적립한 보상금을 사용하기 때문에 연합운송조합도 크게 손해 보는 일은 아니었다. 오히려 낡은 우주 택시를 운행하다가 인명 사고가 발생하면 더 큰 보상금을 지급해야 하기 때문이다. 성간 전쟁으로 정부들이 사라진 후 조합들은 아슬아슬하게 균형을 맞춰 왔다. 그런데 눈감아도 될 법한 일을 조사하러 불쑥 연합운송조합에서 나온 것이다. 거기다 조사관인 외계인은 가짜일지도 몰랐다. 뭐가 어떻게 돌아가는지 감을 잡을 수 없던 철우는 뭔가 이상하다는 걸 깨달았다. 부서진 우주 택시를 조사하러 간 클레이가 아직 돌아오지 않은 것이다. 우주복의 산소탱크는 3파섹 정도밖에 버티지 못했다. 그런데 벌써 2.5파섹이나 지났다. 철우는 서둘러 통신기에 대고 외쳤다.

"클레이! 무슨 문제 생겼어요?"

통신기에서는 지직거리는 소리만 들렸다. 문제가 생긴 게 분명했지만 철우는 선뜻 나서지 못했다. 차라리 여기서 그녀가 사라져 버리는 게 모두에게 편할 수 있었기 때문이다. 고민하던 철우는 점점 줄어드는 시간을 보고는 결국 자리에서 일어났다. 우주복을 입고 에어록을 통해 밖으로 나간 철우는 등에 맨 부스터를 조심스럽게 가동하면서 접근했다. 파편이나 쓰레기에 우주복이 찢어지면 그야말로 큰일이기 때문이다. 가까이 접근한 철우는 부스터를 끄고 자석총을 꺼냈다. 권총처럼 생긴 자석총은 방아쇠를 당기고 자석이 붙은 줄을 쏴서 이동하는 방식이었다. 번거롭지만 부스터를 쓸 수 없는 공간에서 유용했다. 양손에 든 자석총을 이용해서 선체로 들어간 철우는 헬멧 옆에 부착된 라이트를 켰다. 처참하게 부서진 조종석을 이리저리 살폈지만 클레이의 모습은 보이지 않았다. 철우는 지금 들어선 헥타곤형 우주 택시의 내부 구조를 떠올려 봤다.

"여기가 조종석이고, 안쪽이 창고랑 휴게실이겠지. 여기 없으면 안쪽일 거야."

옆으로 기울어진 통로에는 부서진 화물 박스 조각과 완충재 조각들이 떠다녔다. 손으로 조심스럽게 헤쳐 나가는데 통로 끝에서 불빛이 번쩍거렸다. 자석총을 쏴서 다가가자 클레이가 보였다. 라이트를 비추자 클레이의 팔이 휘어진 금속 파이프에 걸려 있는 게 보였다. 그 상태로 팔을 빼면 우주복이 찢어지면서 공기가 유출된다. 따라서 질소 접착제로 굳힌 다음에 조심스럽게 빼내야만 했다. 질소 접착제는 그녀의 눈앞에 둥둥 떠 있었다. 꺼내다가 놓친 모양인데 팔을 뻗어도 닿지 않았기 때문에 꼼짝 못했던 것이다. 철우는 손가락으로 질소 접착제를 밀어 주었다. 클레이가 접착제로 찢어진 부위를 봉합하자 함께 우주 택시로 돌아왔다. 조금만 실수해도 위험해질 수 있었기 때문에 바짝 긴장한 채 움직여야만 했다. 에어록에 들어와서 해치를 닫은 다음에야 참았던 숨을 쉴 수 있었다. 헬멧을 벗은 그녀가 철우에게 말했다.

"고마워요."

"조금만 늦었어도 큰일 날 뻔했네요."

"그래도 중요한 단서는 찾았어요."

"어떤 단서요?"

철우의 물음에 클레이는 우주복에 묶어 뒀던 주머니를 꺼내서 펼쳤다. 주머니에서 나온 것은 까맣게 탄 인간의 발이었다.

"으악! 저리 치워요."

철우가 비명을 질렀다.

"미안해요."

클레이는 서둘러 주머니에 발을 다시 집어넣고는 턱 밑의 촉수를 마구 흔들었다.

철우가 진정을 하고 물었다.

"그게 왜 저기 있는 거죠?"

"택시가 폭발했을 때 안에 사람이 있었다는 뜻이에요. 폭발 전에 죽었는지 그때 죽었는지는 알 수 없지만요."

"기사랑 승객을 버리고 갔다고요? 그럴 리가요."

기사에게 승객을 보호하는 일은 영업 차원의 문제가 아니라 자존심 문제였다. 도크에 착륙을 제대로 못하는 것보다 더 불명예스러운 것이 승객을 지키지 못하는 일이다. 철우는 단호하게 덧붙였다.

"택시는 버려도 승객은 안 버립니다. 그게 기사들의 철칙이에요."

"그럼 제가 발견한 건 뭘까요?"

클레이의 물음에 철우는 우물쭈물했다. 버려진 우주 택시 안에 시신의 일부가 남은 것은 그에게도 충격이었다.

"해적들 소행 아닐까요?"

"마지막으로 목격된 게 지구 시간으로 50년 전이었어요."

"그, 그럼 설명해 보세요."

클레이가 조종석 옆 자리에 앉으면서 말했다.

"사실 우주에서는 시신을 처리하기가 힘들어요. 우주 정거장 같은 곳에는 보는 눈이 많으니까요. 우주에 버리면 썩거나 파손되지 않기 때문에 수백 년 동안 그대로 유지되죠."

"맞아요."

"그런데 만약 불법적으로 처리해야 할 시신이 생긴다면 어떡해야 할까요? 예컨대 살인 같은 거요."

철우는 우물쭈물 대답하지 못했다.

"그, 글쎄요."

"지구 속담에 시체를 숨기기 가장 좋은 장소는 전쟁터라는 얘기가 있어요."

철우는 단번에 그 뜻을 알아차렸다.

"그러니까 사고로 버려진 우주 택시에 시신을 감췄다는 뜻입니까?"

"여긴 우주선의 무덤이라 오가는 사람들이 없어요. 설사 발견했다고 해도 사고가 났을 때 사망한 것으로 생각해 버릴 거예요."

클레이는 대답을 하며 손에 들고 있는 감지기를 만지작거렸다. 푸른빛이 그녀의 몸을 감쌌다.

"엘다도는 그 확률을 90.8퍼센트로 보고 있어요."

"하지만 조합에 등록된 사람들은 모두 생체 칩이 있어요. 신호가 끊기면 조합에서 조사에 나서기 때문에 감출 수가 없습니다."

클레이는 고개를 저었다.

"안타깝게도 생체 칩이 없는 사람들도 있어요. 떠돌이나 도망자, 그리고 우리처럼 지구인이 아닌 존재들이 그렇죠."

"맙소사."

머리가 복잡해진 철우에게 클레이가 쐐기를 박았다.

"이제 마지막으로 가 봐야 한 곳이 있어요."

"어딘데요?"

클레이는 밴드에서 띄운 화면에 좌표를 띄웠다.

"당신 아버지 택시가 사고가 난 곳이요."

"거긴 예정에 없던 곳인데요."

"원래 가려고 했었어요. 다만 알려 주지 않았을 뿐이죠."

철우는 틈을 노려서 시트 밑에 넣어둔 플라스마 광선총을 뽑아 들었다.

"너, 정체가 뭐야?"

"연합운송조합 수석 조사관이라고 했잖아요."

"거짓말하지 마. 너 같은 조사관은 본 적이 없어."

"아버지에게 왜 사고가 났는지 궁금하지 않아요?"

클레이의 물음에 철우는 고개를 저었다.

"그냥 사고였어. 빨리 귀환하기 위해 이곳 근처를 지나다가 우주 쓰레기가 엔진에 빨려 들어간 거라고."

"이곳은 예나 지금이나 위험한 코스예요. 당신 아버지가 아무리 뛰어난 기사라고 해도 여기로 올 이유는 없어요."

"우발적인 사고가 아니란 얘깁니까?"

"그걸 확인해 보러 가요. 당신이 택시 기사로 일하는 것도 아버지의 죽음을 밝히려고 하는 거 잖아요."

할 말을 잃은 철우는 플라스마 권총을 시트 아래 집어넣었다.

"출발합니다."

형편없이 부서지고 찌그러졌지만 철우는 먼발치에서도 아버지의 택시를 알아봤다. 조종석 옆에 그려진 곰이라는 지구 동물의 그림이 선명했기 때문이다. 바짝 긴장한 철우를 슬쩍 바라본 클레이가 말했다.

"심장 박동수가 많이 올라갔네요."

"5년 전에 선물 가지고 돌아오겠다고 하고는 영영 못 만났어요. 가정용 로봇은 어떻게 해도 가족을 대신해 주지는 못해요."

"같이 갈래요? 아니면……."

클레이의 물음에 철우는 택시를 자동 조종으로 설정해 놓고 일어났다.

"가야죠."

우주복을 입고 밖으로 나간 철우는 자석총을 이용해 조심스럽게 접근했다. 사고 당시 아버지는 안전한 궤도 대신 위험하지만 지름길인 이곳을 선택했다. 승객을 라루나에 내려주고 돌아오는 길이었기 때문에 이쪽으로 올 이유가 없었다. 그리고 사고가 나고 바로 비상구조 신호를 보내지 않은 점도 이상했다. 테오도스 아저씨를 비롯한 조합원들은 아버지가 창피함 때문에 신호를 보내지 않았을 것이라고 얘기했다. 고집스럽고 자부심 강한 아버지라면 그럴 만도 했다.

"조심해요."

통신기로 클레이의 목소리가 들렸다. 그녀가 팔을 뻗어서 다가오던 금속 조각을 밀어냈다.

"고마워요."

철우의 말에 클레이는 턱 밑에 난 촉수를 가볍게 흔들었다.

"우리 에어록 입구로 진입해요."

알겠다는 수신호를 보낸 철우가 자석총을 쏴서 접근했다. 해치가 사라진 에어록을 통해 내부로 진입했다. 조종석 쪽을 향해 라이트를 비춰 봤지만 비어 있었다. 비상상황이 발생하면 조종석이 탈출 캡슐이 되기 때문에 벗어난다는 것은 있을 수 없는 일이었다. 클레이도 같은 생각인지 촉수를 흔들면서 말했다.

"안쪽을 살펴봐야겠어요."

"내부 구조는 잘 아니까 따라오세요."

조종석과 조수석, 그리고 수면 캡슐이 있는 조종실이 택시의 제일 앞쪽이었고, 뒤로는 창고와 휴게실이 있었다. 장거리 운행의 경우 수면 캡슐에만 있으면 지루하기 때문에 보통 휴게실에서 게임을 하거나 영상을 봤다. 창고는 가벼운 상품들을 운송하는 데 썼다. 수익이 짭짤했기 때문에 승객 대신 화물 운송을 더 선호하는 기사도 있었다. 하지만 아버지는 기사는 승객을 태워야 한다고 목소리를 높였다. 최고의 실력과 고집을 가진 아버지는 택시조합의 자랑이자 골칫거리였다.

자석총으로 이동해서 휴게실을 살펴봤는데 아무것도 없었다. 맞은편의 창고도 텅 비어 있었다. 낙담한 철우가 돌아서려는 찰나, 클레이가 만류했다.

"잠깐만요."

텅 빈 창고 안으로 들어간 그녀가 들고 온 엘다도 감지기를 바닥에 내려놨다. 그러고는 손가락으로 바닥을 가리켰다.

"아래에 뭔가 있어요."

철우는 가지고 온 휴대용 레이저 포인터로 바닥을 잘라냈다. 아래쪽에는 엔진과 이어진 배선과 파이프들만 보였다. 하지만 라이트를 비추자 추진기 모터 사이에 뭔가가 보였다. 클레이의 몸에서 푸른빛이 일렁거렸다. 그리고 모터 사이에서도 같은 색의 빛이 반짝거렸다. 철우는 푸른빛으로 둘러싸인 클레이가 눈물을 흘리는 것을 보았다.

"뭐, 뭐예요?"

"이 택시에 타고 있었던 우리 일족의 흔적이에요."

"무, 무슨 얘깁니까? 돌아올 때는 혼자였다고요."

당황한 철우의 말에 클레이가 고개를 저었다.

"혼자가 아니었어요."

"무슨 얘긴지 알아듣게 좀 해봐요."

"우리 종족은 수많은 클랜으로 나눠져 있어요. 그리고 오랜 수련과 방황을 한 다음에야 클랜의 리더가 될 수 있죠."

"모험을 해야 한다 이 말이군요."

클레이는 철우의 말에 촉수를 끄덕거렸다.

"우리 라이징 클랜의 차기 리더가 수련을 마치고 돌아오던 중에 소식이 끊겼어요. 5년 전에요."

"그리고 여기서 발견된 거군요."

"라루나에서 우주 택시를 탄 게 마지막으로 확인된 행적이었어요. 사고가 난 게 아닌가 싶어서 조사 중이었어요."

"연합운송조합의 수석 조사관이 아니었군요."

"택시조합은 감추고 싶은 비밀이 많은 거 같았죠. 그래서 신분을 속였어요."

얘기를 들은 철우는 착잡해졌다. 자신이 아버지의 사고 원인을 밝히기 위해 택시 기사가 된 것처럼 클레이 역시 실종된 일족을 찾아 헤맸던 것이다. 그러면서 의문이 들었다.

"그럼 왜 아버지 택시에 탄 거죠?"

"전임 리더의 영혼이 사라지기 직전이었으니까요. 그전에 와야지만 계승을 할 수 있어요."

클레이의 얘기를 들은 철우는 진실을 깨달았다.

"이건 사고가 아니었어요. 승객은 창고 바닥에 숨겨져 있었고, 아버지는 비상탈출 캡슐을 가동하지 않았어요. 아버지라면 이런 위험한 곳을 지날 때는 승객을 옆자리에 앉히고 비상시를 대비했을 거예요."

단숨에 얘기한 철우가 조심스럽게 덧붙였다.

"그러지 않았다는 건, 예측하지 못한 사고가 벌어졌다는 거군요. 아까 봤던 우주 택시처럼 단순한 사고가 아니라 뭔가를 감추려고 벌어진 일일 겁니다."

거기까지 얘기한 철우는 마른 침을 삼켰다. 아버지의 죽음은 객기와 만용이 뒤섞인 사고가 아니라 뭔가를 감추기 위한 음모의 결과물이었다. 충격에 빠진 철우에게 클레이가 물었다.

"누구 소행일까요?"

"이런 걸 할 수 있는 조직은 하나뿐입니다."

그때 통신기로 낯익은 목소리가 들렸다.

"이제야 정답을 맞췄구나."

"테오도르 아저씨! 이게 어떻게 된 겁니까?"

"어떻게 되긴. 택시조합의 짭짤했던 부수입이었지."

테오도르 아저씨의 말에 철우가 고함을 질렀다.

"보상금 타먹는 정도가 아니라 사람이 죽었잖아요!"

"생체 칩이 없는 인간이나 외계인들이었어. 조합 규칙에도 어긋나는 건 아니라고."

두 사람의 대화를 듣던 클레이가 끼어들었다.

"우리 클랜의 리더가 왜 여기서 죽은 거죠?"

"그건 네 클랜 사람한테 물어봐. 리더 자리를 욕심 낸 누군가가 부탁한 거니까 말이야. 나는 사고를 내는 김에 귀찮은 둘을 묶어서 처리했을 뿐이라고."

"영혼의 저주를 받으리라!"

"미안한데 난 로봇이라 영혼이 없다고."

두 사람의 대화를 듣던 철우는 이상한 소리를 들었다. 고개를 든 철우는 클레이에게 계속 얘기하라고 손짓했다. 조심스럽게 통로 쪽으로 유영한 철우는 떨어져나간 에어록의 해치 근처에서 우주복을 입은 조합원을 발견했다. 레이저 점화 폭탄을 손에 들고 있는 걸 본 철우는 자석총으로 상대방의 다리를 겨냥해서 방아쇠를 당겼다. 그리고 조합원의 발에 자석총이 붙은 걸 보고는 그대로 당겼다. 중력이 없는 우주에서는 살짝만 힘을 주는 걸로 충분했다. 균형을 잃은 조합원은 버둥거리면서 우주로 날아갔다. 손을 뻗어서 레이저 점화 폭탄을 잡은 철우는 가까이 떠 있는 테오도르 아저씨의 우주선에서 빛이 번쩍거리는 것을 보았다.

"안돼!"

목표물은 철우의 우주 택시였다. 중성자 레이저를 맞은 택시는 그대로 산산조각이 나 버렸다. 우주 공간이라 불꽃이나 폭발은 없었지만 충격은 고스란히 느껴졌다. 날아드는 파편을 피해서 얼른 에어록 안으로 들어온 철우는 통신기에 대고 소리쳤다.

"뭐 하는 짓이에요?"

"조합을 유지하려면 비밀을 지켜야 하니까. 클레이라는 외계인이 처음부터 의심스러워서 널 붙여 준 거야."

"같이 처리하려고요? 어떻게 그럴 수가 있어요!"

"그러니까 진작 조합에 가입하라고 했잖아."

철우는 능글맞은 테오도르 아저씨의 얘기에 화를 내는 척했다. 그러면서 폭탄을 들고 조종석 쪽으로 이동했다. 하지만 테오도르 아저씨가 탄 우주선과의 거리는 여전히 멀었다. 폭탄을 들고 온 철우를 본 클레이가 촉수를 뻗어서 몸에 댔다.

"내 말 들려요?"

"이건 뭐예요?"

"일종의 뇌파 통신 같은 거예요. 저쪽은 못 들으니까 안심해요."

"다행이네요. 이 폭탄으로 저 우주선을 날려 버리지 않으면 우린 끝이에요."

"거리가 좀 머네요."

"손으로 던져도 되지만 너무 느려서 금방 알아차릴 거예요."

"그럼 빨리 던지면 되겠네요."

철우는 무슨 뜻인지 몰라 어리둥절해했다. 그 사이 촉수를 뗀 클레이가 말했다.

"뒤로 물러나요."

왜 그러냐고 물어보려던 철우는 클레이의 우주복이 터져 나갈 듯이 부풀어오르는 것을 보았다. 황급히 뒤로 물러나자 두 배로 커진 클레이가 한 손으로 폭탄을 잡았다. 그리고는 테오도르 아저씨가 탄 우주선을 향해 던졌다. 통신기로 비명 소리가 들렸다.

"뭐, 뭐야!"

클레이가 철우를 감싼 채 엎드렸다. 마지막으로 본 것은 폭탄이 터지면서 만든 번쩍하는 빛이었다.

∞

"괜찮아요?"

원래대로 돌아온 클레이의 물음에 철우는 잃었던 의식을 찾았다. 조종석 밖에는 산산조각 난 테오도르 아저씨의 우주선이 떠다녔다.

"어떻게 된 거죠?"

철우의 물음에 클레이가 촉수를 쓰다듬으며 대답했다.

"필요할 때 아주 잠깐이지만 근육들을 증폭시키면 덩치가 커져요."

"그래서 우주복에 그렇게 주름이 잡혀 있었군요."

대답 대신 고개를 끄덕거린 클레이가 우주를 바라봤다.

"이제 산소도 다 떨어져 가는데 어떡하죠?"

철우는 조종석에 앉아서 아래쪽으로 손을 뻗었다. 비상 패널을 열고 레버를 돌리자 비상 전원이 켜졌다. 놀란 클레이에게 철우가 말했다.

"아버지는 항상 마지막의 마지막까지 대비하라고 하셨어요. 꽉 잡아요."

심호흡을 한 철우가 레버를 천천히 잡아 빼자 조종석 주변이 분리되었다. 아래에 부착된 소형 추진기가 서서히 속도를 높였다. 한숨을 돌린 철우가 상부 패널을 열고 붉은색 버튼을 누르자 위에서 투명 금속이 천천히 내려왔다. 두 사람이 서 있는 공간이 밀폐되자 공기가 주입되기 시작했다. 헬멧을 벗은 철우가 한숨을 돌렸다.

"근처 스테이션까지는 어떻게든 갈 겁니다."

"그 이후가 문제겠네요."

클레이의 말에 철우는 말없이 고개를 끄덕거렸다. 이유야 어쨌든 택시조합에 소속된 조합원들을 죽였으니 눈에 불을 켜고 보복하려고 들 게 뻔했다.

"그래도 아버지가 돌아가신 이유를 알아냈고, 복수도 했잖아요."

해맑게 웃는 철우에게 클레이가 조심스럽게 말했다.

"괜찮으면 나랑 같이 갈래요? 사실은 클랜의 리더가 되기 위해서 모험을 떠나는 중이었어요. Z-11 스테이션에 내 우주선이 있어요."

철우는 고민에 빠졌다. 평생 살아왔던 이곳을 떠나 낯선 곳으로 가야 한다는 것이 망설여졌기 때문이다. 하지만 모르는 별, 미지의 존재들이 있는 곳으로 한번 가 보고 싶기도 했다.

새로운 모험을 떠나기로 결심한 철우가 대답했다.

"아버지가 그러셨어요. 우주 택시는 늘 가던 곳으로만 가는 게 아니라고요. 새로운 별로 운행을 떠나 보죠."

"좋은 생각이에요."

철우는 기뻐하는 클레이에게 조심스럽게 물었다.

"어디로 떠날 건데요?"

클레이는 고개를 들어 수많은 별이 반짝거리는 우주를 바라보았다.

"저—기로요."

소행성대의
아이들

김창규

김창규

1993년 공동작품집 《창작기계》에 첫 글을 실은 뒤 2005년 〈별상〉으로 과학기술창작문예
중편 부문에 당선되었다. 〈업데이트〉, 〈우리가 추방된 세계〉, 〈우주의 모든 유원지〉로 1회,
3회, 4회 SF 어워드 단편부문 대상을 수상했고, 2회 SF 어워드에서는 〈녀수〉로 우수상을
수상했다. 작품집으로 《우리가 추방된 세계》, 《삼사라》가 있고 《독재자》, 《백만 광년의
고독》 등 공동 SF 단편집에 참여했다. 옮긴 책으로 《뉴로맨서》, 《이중도시》, 《유리감옥》
등이 있다. 창작 활동과 번역 외에 SF 장르 관련 각종 강의를 진행하고 있다.

우주는 끝이 없고 지루하기 그지없다.

한때 별이 모두 몇 개인지 궁금해 세어 보기도 했다. 그다지 바쁘지 않을 시기였다. 그때 나는 시야를 돌리지 않고 한 방향만을 보면서, 별을 8,000개까지 세었다. 그리고 결국 그만두었다. 눈을 다른 방향으로 돌려봤지만 차이는 없었다. 갯수를 잊고 처음부터 다시 세든, 몇백 개쯤 건너 뛰고 아무 데서나 세든 결국 별 차이는 없었을 것이다. 이리 보고 저리 봐도 별다르지 않다는 건, 다시 말해 그런 행동 자체가 무의미하다는 뜻이었다.

예나는 내가 그런 얘기를 할 때마다 핀잔을 주었다.

"별은 전부 달라. 네가 제대로 관심을 두지 않아서 똑같아 보이는 거야. 차분하게 들여다봐. 천천히. 색깔도 다르고, 크기도 밝기도 전부 다르다고."

예나는 똑똑하다. 따라서 예나 말은 옳다. 별은 멀리 있는 천체이고 전부 다를 것이다. 달라야 한다. 그렇지 않으면 우리는 일을 할 수 없다. 만약 갑자기 우주에 있는 모든 천체가 구분할 수 없이 똑같아진다면 우리는, 예나와 나와 무니는, 갈 곳을 잃고, 아무 일도 하지 못하고, 힘이 다 떨어질 때까지 천체와 천체 사이를 헤매다가 끝나고 말 것이다. 끝이 없는 우주에서 우리가 있는 위치와 우리가 바라보는 방향을 결정할 기준은 오직 별뿐이었으니까.

거기까지 생각이 미치자 나는 더 괴상한 의문을 떠올리기 시작했다. 비교할 대상이 없으면 위치는 고사하고 내가 남들과 어떻게 다른지도 모르는 것은 아닐까? 지금은 예나와 무니가 있고, 아버지가 있고, 목성과 화성과 태양이 있기 때문에 그 모든 걸 알 수 있다지만…….

그때 오른쪽 눈가에서 보이지 말아야 할 무언가가 살짝 움직였다. 별도 아니고 동료도 아닌 물체가.

나는 반사적으로 오른팔을 뻗기 위해 자세를 바꾸면서 레이더 화면의 변화를 읽어 보았다.

"103번 소행성에서 채굴 로봇이 튕겨 나갔어."

로봇 근처에서 작업하고 있던 무니가 통신으로 알려 왔다. 거의 동시에 로봇 목록 속에서 경고를 뜻하는 빨간 빛이 깜빡거렸다.

"자동 복귀를 못할 만큼 고장났어?"

"아냐. 튕겨 나간 힘이 워낙 세서 분사 출력만으론 부족한가 봐."

나는 재빨리 작업 현황을 확인해 보았다. 무니는 발파 작업 중이라 현재 위치에서 떠날 수가 없었다. 발파는 우리가 하는 일 중에서 두 번째로 세심하게 신경 써야 하는 일이었다.

"내가 갈게. 예나, 다 들었지? 로봇을 붙잡으러 갈 테니까 우리 두 사람 상황을 잘 살펴보고 있어. 도움을 청할지도 몰라."

"걱정 말고 다녀와. 하루 이틀 하는 일도 아니고."

예나는 똑똑하기 때문에 늘 중간 지점에서 지휘를 맡았다. 나는 그에게 팔을 살짝 흔들어 보이고 추진 로켓을 분사했다. 허리춤에 달려 있는 자그마한 로켓 세 개는 정확히 내가 뜻하는 대로 움직여 주었다. 엔진과 로켓은 내 일부인 동시에 머리 다음으로 소중했고, 자유자재로 움직여 주어야 의미가 있었다. 우주 한복판에 있는 작업장에서 그 두 가지가 제대로 움직이지 않으면 나는 죽은 거나 다름없기 때문이다.

나는 작업 로봇을 10미터 거리까지 따라잡았다. 그리고 엔진을 끈 다음 방향을 바꿔 재분사했다. 회수를 시작하려면 로봇과 속도를 맞춰야 했기 때문이다. 로봇은 왼쪽에서 천천히 다가왔고, 저 멀리 오른쪽으로는 휴대용 연료통만큼 작은 예나가 보였다.

103번 소행성은 예나보다 훨씬 더 먼 곳에 있었다. 소행성 어딘가에 있을 무니는 눈으로 식별할 수 없었다.

나는 손바닥을 열고 로봇을 향해 견인용 자석줄을 발사했다. 줄은 힘차게 뻗어나가 로봇의 몸통에 들러붙었다. 본래 로봇의 몸

체는 자석에 붙지 않는 강화 세라믹이었지만, 견인이 필요한 경우
에 대비해 자석을 붙일 수 있는 패널이 여러 군데 마련되어 있었
다.

"무니, 자석줄 연결했어. 이제 걱정하지 마."

"몇 번 만에 성공했어?"

"한 번에."

"젠장, 난 세 번이 기록인데."

예나가 통신에 끼어들었다.

"무니, 내가 이겼으니까 귀환할 때 광물 할당량의 10퍼센트를
넘겨야 해."

예나와 무니는 늘 내 실력을 두고 내기를 했다. 나는 둘이 아웅
다웅하는 소리를 듣다가 점잖게 덧붙였다.

"이제 내가 제일 뛰어난 광부라고 인정할 때도 됐잖아."

의기양양하게 말했지만 자석줄을 붙였다고 해서 회수가 끝난
건 아니었다. 나는 엔진을 끄고 힘주어 줄을 잡아당겼다. 로봇과
나의 거리가 줄어들면서 자석줄이 뱀처럼 구부러졌다.

다들 별일 없는 것처럼 잡담을 나누며 일하고 있었지만, 로봇이
이만큼 이탈하는 건 흔한 일이 아니었다. 일단 집에서 나와 우주
공간으로 나오면 어떤 사고든 터질 가능성이 있었다. 하지만 다른
작업자가 하던 일을 멈추고 따라잡아야 할 만큼 로봇이 멀리까지
나오는 건 자주 볼 수 없는 일이었다. 예나와 무니도 그 사실을 잘

알고 있었기 때문에 오히려 평상시보다 더 많이 잡담을 나누고 있었다. 간단하게 손질하는 것만으로 큰 사고를 막으려면 무엇보다 당황하지 않는 게 중요했기 때문이다.

"예나, 또 내기할 것 없어? 10퍼센트는 너무 많단 말이야."

"리턴호가 누구 호출에 먼저 응답하나 내기할까? 이번엔 5퍼센트를 걸고."

둘이 '리턴호'로 운명을 점치는 동안 나는 점점 로봇과 가까워져서 마침내 몸체에 달린 손잡이를 잡을 수 있었다. 자석줄을 회수한 다음 여기저기 붙어 있는 손잡이를 이용해 바깥에서 로봇의 상태를 점검할 수 있는 패널로 이동했다. 패널 덮개를 옆으로 밀자 우주 공간의 낮은 온도에도 문제 없이 작동하는 화면이 드러났다. 우선 수동으로 로봇을 조종해 역분사 수치를 최고로 높였다. 로봇의 가속도가 점점 줄어 0에 이르고, 나와 로봇은 한몸처럼 우주 공간에 정지했다.

그때 머릿속 한구석에서 께름칙하게 남아 있던 무언가가 다시 떠올랐다. 방금 전 이상한 일이 벌어졌다. 자석줄을 당기면서. 그때 나는 이상한 생각을 했다. 제대로 설명할 수 없는, 말이 안 되는 무언가를. 그게 뭐였지? 아!

나는 왜 구부러진 자석줄을 보고 '뱀'이란 걸 떠올렸을까?

뱀이 뭔지는 알고 있었다. 모래땅 위에 구불구불한 흔적을 남기면서 앞으로 전진하는 것. 어떤 장애물이 있어도 유연하게 몸을 뒤틀어 피해 가는 것. 얇고 질기고 번들거리는 껍질에 둘러싸여 있으며 검고 맑은 눈동자로 앞만 바라보고 나아가는 것.

이상한 개념과 사물이 갑자기 떠오르는 경험은 이번만이 아니었다. 작년쯤 내 눈앞에 난데없이 모래땅이 펼쳐졌다가 사라졌다. 검디검은 우주 속에서. 처음에는 머릿속 어딘가 문제가 생긴 줄 알았다. 나는 모래땅에 가 본 적이 없었기 때문이다. 나는 태어나서 지금까지 집과 우주를 오갔다. 우리 집은 목성의 위성인 이오 위에 떠 있었다. 나는 그 집에서 아버지, 무니, 예나와 함께 처음부터 지금까지 살고 있었다.

한동안 그런 일이 없었기 때문에 대수롭지 않게 여기고 있었는데 지금 갑자기 모래땅 위에서 천천히 움직이는 뱀이 떠오른 것이다.

나는 모래땅과 마찬가지로 뱀이 무엇인지 알 턱이 없는데 알고 있었다. 정말 머리가 이상해진 걸까? 그걸로 모든 게 설명될까? 이상한 증상이 생기면 알 리가 없는 것도 알고 있었다고 착각하는 걸까? 혹은 이 세상에 뱀이란 건 존재하지 않는데 나만 그렇다고 믿고 있는 것일까?

나는 빈손으로 머리를 툭툭 두드렸다. 집에 돌아가면 아버지에게 이 사실을 의논해야겠다. 아버지는 해결하지 못하는 문제가 없었다. 특히 우리 셋에 대해서는. 그러니 머릿속에 갑자기 자리잡은 모래땅과 뱀에 대해 털어놓으면 잊게 해줄 것이다. 아버지는 우리

셋을 그 무엇보다 소중히 여기니까.

"뭐 하고 있어? 로봇은 어때?"

예나가 호출했다. 나는 이제 막 점검할 참이라고 대답하고 패널을 조작해서 상태점검 창을 열었다. 이상이 없으면 방향을 잡은 다음 엔진을 작동시키고 무니가 있는 곳으로 함께 이동하면 된다. 아직 해야 할 일이 많았다. 채굴이 다 끝나도 광물을 우주선에 전부 옮겨 실으려면 적어도 네 시간은 더 필요했다.

하지만 분석 화면을 살펴보니 불안감은 사라지긴커녕 더욱 커졌다. 집에서 출발하기 전 우리는 분명히 우주선과 로봇과 우리 자신을 점검했다. 정상이 아닌 것은 없었다. 그런데 로봇의 활동 로그를 살펴보니 어느 순간 갑자기 엔진 출력이 비정상적으로 폭주한 기록이 있었다. 계산해 보니 로봇은 바로 그때 103번 소행성의 작업장에서 이탈했다. 문제가 발생한 곳은 엔진 쪽이 아니라 컨트롤러의 소프트웨어였다.

아버지는 버릇처럼 얘기했다. 나쁜 일은 꼭 연달아 일어나고 고장은 다른 고장을 낳는 법이니 조심하라고. 그런 상황을 피하려면 정신을 똑바로 차리고 있어야 한다고도 얘기했다.

이럴 때 현장에서 할 수 있는 일은 리부팅뿐이었다. 나는 로봇을 다시 부팅시켰다. 소프트웨어적인 문제는 보이지 않았다. 재빨리 로봇의 움직임을 재조정하고, 103번 소행성을 향해 나아가기 시작했다. 단순한 오작동일 수도 있었으므로 예나나 무니에게 별

다른 말은 하지 않았다.

"지금 출발했어."

예나와 무니도 얼른 돌아가고 싶기는 매한가지인 모양이었다.

"얼른 마치고 집에 가자고."

"늦으면 아버지가 또 난리를 칠 거야. 잔소리 진짜 듣기 싫어."

나와 로봇은 소행성을 향해 곧장 나아갔다. 조심하려는 생각에 레이더를 작동시켜 봤지만 근처에 위험해 보이는 우주먼지는 없었다. 소행성에 도달하면 예나와 무니를 불러 모은 다음 만약의 사태에 대비해 굴착 로봇과 운반 로봇의 싱크를 다시 한 번 맞춰 볼 생각이었다. 나는 로봇을 두 손으로 꼭 붙든 채 오로지 그 생각에 집중했다. 이동하는 동안 끝없는 우주는 조금도 달라지지 않았다. 저 멀리 보이는 목성은 보통때와 다름없이 갈색 입을 커다랗게 벌린 채 하품을 하는 중이었고, 우리 집이 위치하고 있는 이오는 목성 오른쪽에 있었다.

예나가 점점 가까워졌다. 나는 손가락으로 103번 소행성을 가리키고 따라오라고 손짓했다. 예나는 로봇과 나에게 합류하지 않고 조금 떨어진 곳에서 따라잡기 시작했다.

그 직후에 눈앞에서 벌어진 일은 전혀 예상할 수가 없는 것이었다.

광물이 풍부한 소행성을 발견하면 보통은 무엇보다 먼저 작업하기 쉽도록 평평한 표면을 확보해 둔다. 그리고 탐지기로 광물 분

포를 파악해 정밀한 입체 영상을 만든다. 영상을 분석하면 굴착 로봇이 채굴을 시작하기 좋은 위치가 결정된다. 그 자리에 각 로봇을 내려놓으면 1차 작업은 끝이었다. 가장 위험한 일은 거의 1차 작업에 집중되어 있었다.

우리는 103번 소행성 표면에 1차 작업을 끝낸 뒤 채광과 운반을 지루하게 반복하던 참이었다. 따라서 로봇이 이탈한 것만 해도 무척 예외적인 사고였다.

그런데 지금 갑자기 투명하고 커다란 주먹이 나타나 소행성을 내려치기라도 한 것처럼 먼지가 피어올랐다. 검은 연기 뭉치가 그 뒤를 이었다. 연기 중심에서 무언가가 폭발한 것이다! 터질 만한 물질이 담겨 있는 것은 굴착기뿐이었다.

그리고 연기를 찢고 도망치기라도 하듯, 아주 익숙한 형체가 소행성으로부터 치솟아올랐다.

무니였다. 무니는 어지러울 정도로 회전하면서 빠르게 날아가고 있었다.

"무니! 대답해!"

소리 질러 불러 봤지만 돌아오는 대답은 무니의 목소리가 아니었다.

- 신호 없음.

내 통신 모듈이 무니를 대신해 응답하고 있었다. 무니는 송신장치가 파괴될 만큼 커다란 힘으로 내동댕이쳐진 것이다.

"무니!"

- 신호 없음.

"대답하라고! 살아 있어?"

- 신호 없음.

"예나야, 이 녀석 좀 부탁해!"

나는 함께 움직이던 로봇을 긴급정지 모드로 돌려 놓았다. 로봇은 그 자리에서 역분사를 해 멈출 테고 나머지는 예나가 알아서 처리할 것이다. 그런 생각을 하며 내가 가진 엔진 세 개를 전부 최고 출력으로 올렸다. 손에는 이미 자석줄을 뽑아 들고 있었다. 우리끼리 자석줄로 견인해 본 적은 없었지만 나는 셋 중 견인 실력이 최고였다. 무니의 등에 있는 손바닥만 한 금속 패널을 명중시킬 자신이 있었다. 하지만 무니가 계속 회전하며 날아간다는 점이 문제였다.

뒷일은 닥쳐서 생각하기로 했다. 자석줄 길이 내로 접근하는 게 무엇보다 급했다. 나는 적당히 가까워졌다는 생각이 들자 제동과 감속에 걸리는 시간을 계산해 엔진 출력을 줄이기 시작했다. 빙글빙글 돌고 있는 무니에게 접근하는 속도가 조금씩 낮아질수록 조바심은 반대로 점점 커졌다.

나는 무니의 몸이 도는 속도에 맞춰 팔을 움직이다가 줄을 발사했다. 자석줄은 내 도움을 거절하는 것처럼 무니의 손에 부딪히고 튕겨 나왔다. 줄은 머리를 잃은 뱀처럼 엉뚱한 곳으로 향했다.

하필이면 이럴 때 뱀의 기억이 나를 놀리려는 것처럼 너무나 또렷이 떠올랐다. 나는 모래땅에서 소리도 내지 않고 다가온 뱀 때문에 놀라 펄쩍 뛰었다. 뱀도 놀랐던 모양이다. 녀석은 머리를 꼿꼿이 세우고 잠시 나를 바라보더니, 마음을 정한 것처럼 내 다리를 향해 돌진했다. 질겁을 하면서 다리를 내저어 봤지만 녀석은 제 분이 풀릴 때까지 이빨을 내 정강이에 박아 넣은 채 꿈쩍도 하지 않았다. 나는 무섭고 아파서 소리쳐 울었다. 그럴수록 뱀의 이빨은 점점 깊이 파고들었다. 나는 울부짖으면서 도움을…….

제발 그만 좀 해. 무니를 구해야 한다고. 자석줄은 뱀이 아니란 말이야.

회수된 줄이 내 다리를 휘감던 뱀처럼 손에 감겨 있었다. 무니의 상태를 모르다 보니 시간이 얼마나 남았는지 알 수 없었다. 얼른 줄을 연결하고 살펴봐야 하는데 냉정해질 수가 없었다. 나는 미세하게 떨리는 손에 힘을 주고 줄을 풀었다. 그리고 무니의 몸이 도는 속도를 계산한 다음, 한 번 더 던졌다. 이번에는 성공할 것 같았다. 자석을 붙일 수 있는 무니의 패드가 줄을 빨아들이는 것처럼 보였다. 나는 그 다음에 무슨 조치를 취해야 할지 아버지에게 배운 대로 계획하면서…….

요란한 경고음이 생각을 방해했다. 현재 상황을 알려 주는 각종 수치와 좌표들이 붉은색으로, 파란색으로 깜빡거렸다. 무슨 경고지? 이보다 상황이 더 나쁠 수가 있나? 아직도 터질 사고가 남아 있었나?

경보를 보낸 것은 레이더였다. 하지만 그게 무슨 뜻인지 알기 위해 레이더 프로그램의 보고를 읽을 필요는 없었다.

무니의 몸은 갑자기 등장한 소형 우주선에 부딪히면서 멈췄다. 제동할 시간이 없었기 때문에 나도 무니와 충돌했다. 자석줄은 우리 둘의 몸을 휘감았다. 나는 당황하면서도 무니를 붙들었다는 생각에 잠깐 동안 안심했다. 그리고 아무 빛도 보이지 않는 무니의 두 눈을 보면서 즉시 절망했다.

강한 충격 때문에 몸이 꺾이면서, 나는 주변 상황을 파악하는 능력을 잠시 잃고 무한한 암흑을 맞이했다.

∞

"나 알아보겠어?"

그 말은 우리 셋이 서로 상태를 확인할 때 사용하는 일종의 암호였다. 제대로 대답하지 못하면 이상이 있다는 신호였다. '나 알아보겠어?'가 아닌 다른 말을 가장 먼저 꺼낸다면 그 역시 뭔가 문제가 있다는 뜻이었다.

"예나잖아."

예나가 온전히 작동한다는 건 적어도 최악의 상황은 아니라는 뜻이었다. 나는 머리를 돌려 가며 주변을 관찰했다. 머리를 돌릴 때 나는 우드득 소리가 귀에 거슬릴 정도로 크게 들렸다.

우리는 실내에, 정확히 말하면 어떤 우주선 안에 있었다. 우리가 집에서 나오고, 광물을 싣고, 다시 돌아갈 때 사용하는 '리턴호'와는 내부 구조가 전혀 다른 우주선이었다.

"다치지 않아서 다행이구나."

처음 듣는 목소리였다. 나는 몸을 일으키며 목소리가 들리는 방향을 바라보았다. 왼쪽 시야에서 내 몸에 아무 이상이 없다는 보고들이 흘러가고 있었다.

목소리 주인이 우주선 조종석에서 일어나 나를 바라보았다.

나는 그의 외모를 확인한 순간, 분명히 점검 프로그램이 아무 이상도 없음을 보증하고 있었지만, 내가 고장났다고 생각할 수밖에 없었다. 하지만 상황을 제대로 파악하기 위해 그 점에 관해서는 일단 아무 말도 하지 않았다. 예나를 놀라게 만들기 싫다는 마음도 한몫을 했다.

나는 그 대신 목소리 주인에게 물었다.

"당신은 누구죠?"

"내 이름은 윤성조야. 성조 씨라고 부르면 돼. 예나에게 상황은 대충 들었어. 처음엔 무니라는 친구가 이 우주선과 충돌하는 바람에 그렇게 된 줄 알았는데 그건 아니더구나. 이걸 불행이라고 해야 할지 다행이라고 해야 할지."

무니는 내 옆에 누워 있었다. 무니의 몸에는 적지 않은 상처가 있었다. 폭발 때 날아온 자잘한 파편들이 몇 개 박혀 있었고, 낯선 우주선과 충돌할 때 긁힌 자국도 있었다. 하지만 가장 중요한 머리 쪽은 무사했다. 적어도 겉으로 보기에는 그랬다. 나는 무니의 가슴팍을 두드려 스위치를 작동시켰다. 우리 셋과 작업용 로봇들은 몇 가지 공통점이 있었다. 상태 점검용 패널의 위치가 그 공통점 중 하나였다.

옆에서 예나가 말했다.

"내가 이미 확인했어. 무니는 운동기관 컨트롤러에 손상을 입어서 못 움직였던 거야. 큰 파편 하나가 깊이 파고들었어. 언어 모듈도 고장났고. 그래도 기억 저장소는 문제 없는 것 같아. 집에 가면 아버지가 고쳐 주겠지."

나는 예나를 믿었지만 그래도 다시 한 번 패널을 두드려 확인했다. 말도 못하고 움직이지도 못했지만 무니는 죽지 않았다. 예나가 말한 대로 기억 저장소가 정상적인 반응 코드를 표시했기 때문이다. 그러면 최악은 아니었다. 아버지는 결국 무니를 되살려 놓을 것이다. 그리고 산산이 부서진 채굴 로봇 때문에 미친 듯이 화를 낼 것이다. 사고가 있을 때면 늘 그랬으니까.

'돈을 좀 모을 만하면 이꼴이라니까. 내가 조심하라고 얘기했냐 안 했냐! 정신 좀 차려라, 이것들아!'

아버지는 그렇게 화를 내다가 아무 물건도 없는 방향으로 공구를 집어던지곤 했다. 처음에는 우리를 향해 물건을 던졌다. 하지만 부서지면 결국 자신이 우리를 다시 고쳐야 한다는 걸 깨달은 뒤로 늘 우리가 없는 방향으로 무언가를 던졌다.

나는 뱀처럼 흐느적거리며 움직이고 뱀처럼 괴상하면서도 어딘지 낯익은 성조 씨에게 물었다.

"우리 우주선으로 돌아가야 하는데요. 데려다줄 수 있나요?"

성조 씨가 얼굴 표정을 바꾸고 대답했다.

"그건 힘들어. 이 우주선은 고장났거든. 안 그랬으면 너희와 충돌하지도 않았을 거야. 관성운동으로 흘러다니던 참이었어. 이것저것 부딪치는 바람에 지금은 간신히 멈췄지만. 오히려 너희에게 우주선을 갖고 와서 견인해 달라고 부탁하려던 참이었지."

나는 예나를 바라보았다.

"어떡할까?"

예나는 조금도 주저하지 않고 대답했다.

"원래 아버지에게 허락을 맡아야 하는데."

"아버지랑 통신하려면 리턴호를 타고 집 근처까지 가야 하잖아."

대화를 듣던 성조 씨가 끼어들었다.

"그러면 얼마가 걸릴지 모르잖니. 견인해서 나를 너희 집 근처까지 데려다주렴. 그럼 내가 잘 얘기해 볼게."

나는 예나를 보고 고개를 끄덕였다. 아버지는 이 사실을 알면 또 잔뜩 화를 낼 게 분명했다. 하지만 나는 아버지의 분노가 걱정되지 않았다. 그보다는 아버지와 통신을 하기 전에 조금이라도 더 시간을 벌어야 한다는 생각이 강했다. 성조 씨는 모래땅과 뱀의 뒤를 이어 등장한 세 번째 수수께끼였기 때문이다.

예나는 성조 씨 대신 조종석에 앉아서 리턴호의 위치를 찾아보기 시작했다. 예나는 나나 무니보다 훨씬 더 똑똑했기 때문에 늘 그런 일을 맡았다.

나는 조금 작은 소리로 성조 씨에게 물었다.

"당신은 집이 어디죠?"

"난 화성에서 왔어."

화성. 작업하고 비행할 때 방향의 기준으로나 삼곤 하던 행성 이름이었다.

"화성에 누가 사는지는 몰랐어요."

성조 씨는 잠시 말을 멈췄다가 다시 이었다.

"거긴 나 같은 사람이 아주 많이 살고 있단다."

사람……. 그 단어를 듣자 내 의지와는 상관없이 머릿속이 복잡해지기 시작했다. 나는 뱀이 무서웠지만, 사실 그 기억 속에서 정말로 끔찍할 만큼 무서운 장면은 그동안 외면하고 있었다. 뱀보다 더 두려운 건 뱀이 물었던 내 다리였다. 그 다리는 지금 내 다리와 전혀 달랐다. 지금처럼 단단한 강화 세라믹으로 둘러싸이지도 않았고, 속에 알루미늄 피스톤이 들어 있지도 않았다. 그 다리는 울퉁불퉁하고, 말랑말랑하고, 아주 다양한 동작을 할 수 있었다.

기억 속에서 나는 '사람'이었다. 성조 씨와 같은 사람. 하지만 나는 사람이 무엇인지 몰랐다. 그래서 너무나 무서웠던 것이다.

나는 질문을 잘 고른 다음 다시 물었다.

"무슨 일로 이쪽까지 오게 됐어요?"

"얘기가 조금 긴데, 들어 볼래?"

나는 그러겠다고 대답했다.

"나한테는 아들이 있었단다. 아내가 일찍 죽었기 때문에 식구라곤 우리 둘뿐이었지. 난 아들을 행복하게 만들어 주려고 했는데 힘이 부쳤어. 우리는 여유가 별로 없어서 테라포밍이 한창 진행 중인 변두리에 살았거든. 모래투성이인 동네에서 사느라 힘들었을 텐데 고맙게도 아들 녀석은 구김살 없이 잘 자라 줬지. 나는 어떡해서든 더 살기 좋은 곳으로 이사하려고 악착같이 돈을 모았고. 그러던 어느 날 지능수집꾼이 찾아왔어."

예나가 성조 씨의 말을 끊었다.

"리턴호가 어디 있는지 찾아냈어. 자동이동 암호를 보냈으니 곧 이리 올 거야."

나는 예나에게 잘했다고 말해 주었다. 예나는 할 일이 다 끝났건만 성조 씨와 나에게 등을 돌리고 조종석에 그대로 앉아 있었다.

나는 이야기가 다시 이어지도록 질문을 던졌다.

"지능수집꾼이 뭐죠?"

"아이들의 두뇌를 스캔해서 어떤 재능이 있는지 확인하고, 뛰어난 자질이 있을 경우 비싼 돈을 지불하고 정신을 복사해 가는 장사꾼이야. 사람의 재능이란 건 복잡하기 때문에 보통 필수적인 기억까지 함께 복사해 간단다. 가져간 정신 데이터에 딱 맞는 맞춤형 기계몸을 만들고, 필요한 사람들에게 한 세트로 파는 거지. 완성품은 엄청나게 비싸단다."

나는 성조 씨의 말을 절반 정도밖에 이해하지 못했다. 생전 처음 듣는 개념도 있었고, 내가 알고 있는 것과 뜻이 다른 단어가 섞여 있었기 때문이다.

"마침 우리 애도 좋은 자질이 있었기 때문에 수집꾼은 큰 돈을 제시했어. 아들에겐 전혀 해가 없었기 때문에 마다할 이유도 없었지. 그렇게 번 돈으로 겨우 좋은 환경으로 이사해서 제대로 아버지 노릇을 하게 됐는데…… 그런데……."

"무슨 일이 생겼나요?"

"어릴 적 사막 지역에서 살았던 탓인지 호흡기 문제로 아들이 심한 병에 걸리고 말았단다."

나는 누워서 꼼짝도 하지 않는 무니를 바라보았다.

"심한 병에 걸리면 무니처럼 되나요?"

"꼭 그런 건 아니지만, 우리 애는 시름시름 앓다가 그만…… 죽고 말았단다."

작업장에 큰 문제가 생길 경우 나도, 예나도, 무니도 죽을 수 있다. 집에 있는 아버지는 늘 주의를 주었다. 어느 정도 다치면 고칠 수 있지만 기억 저장소까지 파괴되면 방법이 없다고 했다. 아버지는 그게 죽는 거라고 했다.

하지만 지금 성조 씨가 얘기하는 죽음은 그와는 다른 무엇이었다. 굳이 설명을 듣지 않아도 짐작은 할 수 있었다. 나와 예나와 무니는 성조 씨가 언급하는 '사람'이 아니었기 때문이다. 지금 내 다리는 뱀이 열 마리 이상 달려들어도 상처 하나 낼 수 없는 강화 세라믹 다리다.

"정신은 복사할 수도 있고 몸 일부를 기계로 대체할 수도 있지만 아직 완전히 죽은 사람을 살려 낼 순 없는 세상이지. 하지만 난 도저히 아들을 잊을 수가 없었단다. 그래서, 비록 복사된 데이터라 해도 아들의 일부이기만 하다면 다시 만나고 싶었지. 수소문을 한 결과 아들의 정신 데이터가 소행성대에 있는 채굴업자에게 팔렸다는 소식을 알게 된 거야. 그 사실을 알고 나니 허탈하더구나. 아들 녀석은 꼬맹이 때부터 땅 속에 묻힌 것들을 잘 가려내고 잘 파냈거든. 그래서 여기까지 왔다가 우주선이 고장나 표류한 거야. 그러다가 너희와 충돌했고."

성조 씨는 말을 마치고 유난히 오랫동안 이산화탄소를 내뿜었다.

묵묵히 얘기를 듣고 있던 예나가 짧은 침묵을 깨고 물었다.

"이렇게 작은 우주선을 타고 장거리를 여행하는 건 위험하죠?"

"그렇지."

"그런데도 아이를 찾아 여기까지 온 건가요?"

"난 그만큼 그 아이를 사랑했단다. 영영 다시 못 본다는 사실을 받아들일 수가 없었어. 설사 내가 잘못되는 한이 있더라도 아이를 만나고, 할 수만 있다면 설사 기계몸에 들어가 있더라도 화성으로 데려가서 못다 한 사랑을 주고 싶었단다. 음…… 이렇게 전부 털어 놨으니 너희에게도 한번 물어보자꾸나. 혹시 너희 중에……."

예나는 더 이상 질문을 하지 않고 성조 씨의 말을 기다렸다.

"오빈 사막이라는 지명을 들어 본 사람 있니? 사막 뱀에 심하게 물렸던 기억이 나는 사람은 없어? 내 얼굴을 알아본 사람은? 여기 고장나서 누워 있는 너희 친구가 그런 얘길 하진 않든?"

작업 로봇과는 다르지만 나와 예나는 성조 씨와 달리 기계몸이 었다. 이오에 있는 아버지도 절반쯤이 기계였다. 우리 머리에는 눈 과 입과 귀 같은 필수적인 장치만 달려 있기 때문에 성조 씨처럼 다양한 모양새를 만들어 낼 수 없었다. 나는 그 모양새를 뭐라고 부르는지 기억하고 있었다. '표정'이다. 사람은 표정으로 많은 것을 표현하고, 심지어 같은 사람끼리 신호도 보낼 수 있었다. 하지만 나와 예나는 일일이 데이터를 보내거나, 말로 표현하지 않으면 아 무것도 전달할 수 없었다. 다시 말해 예나는 성조 씨가 찾는 아들 이, 더 정확히 말하자면 그 아이의 정신 데이터가 담긴 기계가 바 로 나라는 사실을 알 턱이 없었다. 내가 말해 준 적이 없으니까. 그런데 이상하게도 예나가 그 사실을 알고 있다는 확신이 들었다.

예나는 눈을 나에게 고정한 채 성조 씨에게 말했다.

"한 번 더 물을게요. 당신은 아들의 일부를 되찾아서 행복하게 만들어 주려고 목숨을 걸고 여기까지 왔다는 건가요?"

"바로 그거야. 잘 요약해 줘서 고맙구나."

예나는 조종석에서 일어나 나에게 다가왔다.

"그런데 왜 거짓말을 한 거죠?"

성조 씨가 양쪽 손바닥을 펴보이며 물었다.

"거짓말이라니?"

"성조 씨가 얘기하는 동안 난 조종석에 앉아서 리턴호를 호출하지 않았어요. 이 우주선 내부를 조사했죠. 여기엔 사람이 우주를 여행하는 데에 꼭 필요한 생명유지 모듈이 없어요."

나는 반사적으로 몸을 일으켰다.

"성조 씨가 사람이 아니란 거야?"

예나가 말했다.

"당연한 결론이잖아! 따라서 목숨 걸고 여기까지 왔다는 말도 거짓이야. 그만큼 아이를 만나고 싶었다는 것도 거짓말이고."

나는 예나가 하는 말을 모조리 알아듣고 혼잣말처럼 얘기했다.

"성조 씨가 찾는 건 나야. 난 한 번도 가 본 적 없는 줄 알았던 모래땅을 기억해. 뱀도 기억하고. 오빌 사막이란 말도 들은 적이 있어. 심지어 성조 씨의 얼굴도……"

나는 성조 씨에게 물었다.

"넌 도대체 뭐지?"

예나가 성조 씨 대신 대답했다.

"뭐긴 뭐야. 네 아버지가 널 꾀어다가 팔아먹으려고 보낸 로봇이지. 이 세상에 아이를 사랑하는 아버지란 건 없어. 지금 이오에 있는 자칭 '아버지'는 우리를 사다가 부려먹는 채굴업자일 뿐이야. 네 아버지란 사람도 우주여행이 무서워서 저급한 대역이나 보내는 인간에 불과하고."

"예나, 넌 도대체……."

그 순간 성조 씨가 예나에게 달려들었다. 둘은 한 덩어리가 되어 우주선 안을 뒹굴었다. 성조 씨는 품에서 위험해 보이는 기계를 꺼내 예나를 찌르려 했다. 나는 반사적으로 성조 씨의 머리를 걷어찼다. 성조 씨는 쉽사리 쓰러지지 않았다. 나는 연거푸 발길질을 했다. 그럴수록 점점 힘이 들어갔다.

그 힘이 얼마나 셌던지 마지막 발길질에 성조 씨의 목이 완전히 뒤로 꺾였다. 성조 씨는 더 이상 움직이지 않았다. 나는 오래전 나를 아들이라고 불렀던 사람과 똑같이 생긴 기계가 완전히 작동을 정지했는지 살펴보았다. 성조 씨는 완전히 죽었다. 가로로 틀어져 버린 목 피부조직 사이로 가느다란 유압관 몇 가닥이 보였다.

나는 우주선 한구석에 주저앉았다. 예나는 천천히 일어서서 성조 씨를 밀어냈다.

우리는 한동안 마주보고 앉아 있었다. 먼저 입을 뗀 건 나였다.

"넌 나보다 훨씬 더 많은 걸 기억하고 있었구나."

"그래. 아버지라는 말이 아주 오래된 단어라는 것도 알고 있었어. 옛날에는 생물학적인 방법으로 다음 세대를 낳는 사람 중에서 남성 쪽을 가리켰다고 하더라. 하지만 요즘엔 생물학적인 두뇌를 얻고 복사해서 팔기 위해 옛날식으로 아이를 낳는 남자를 가리키거나, 일반적으로 나이가 많은 남자를 가리키기도 해. 배웠던 기억이 나."

"그런 걸 전부 다 기억하면서 왜 지금까지 모르는 척 광물이나 캐고 살아온 거야?"

예나는 지금까지 한 번도 들어 본 적 없을 만큼 크게 소리쳤다.

"다른 방법이 없잖아! 집에 있는 아버지는 이 사실을 알면 당장 내 머리를 편집해서 일만 하는 기계로 고쳐 놓을 거야. 기껏 비싼 값을 들여 구입한 기계들이 딴 생각을 하게 둘 순 없잖겠어? 너라면 그 사실을 알면서도 기억이 돌아왔다고 말할 수 있겠어?"

그래, 나도 얼마전까지 예나가 나를 이상하게 생각할까 봐 모래 땅과 뱀에 대해서도 말하지 않고 있었다.

"아니."

"그럼 다른 방법이 있을까? 도망이라도 칠까? 너와 무니는 사람이었던 때를 기억도 못하고 있는데다가 리턴호에는 화성이나 더 먼 곳까지 갈 수 있는 연료가 없어. 아버지가 그렇게 해뒀으니까. 게다가, 게다가……."

예나는 잠시 서성거리다가 말했다.

"여기서 빠져나간다 해도 더 낫게 살아갈 수 있을까? 차라리 이미 속셈을 빤히 알고 있는 아버지의 요구나 들어주면서, 별을 보면서, 너희와 내기나 하면서 사는 게 좋은 선택 아닐까?"

나는 늘 우주가 끝없이 단조롭다고 투덜거렸다. 예나는 그럴 때마다 천체가 얼마나 다양한지 말해 주었다. 정말로 별들이 그만큼 다양하다면, 별 주변에서 사는 삶 역시 다양하지 않을까? 화성과 이오는 우리에게 지겹고 무서운 행성으로 남았지만 다른 곳에 간다면 다른 가능성이 있지 않을까? 우리 같은 존재들도 어딘가에 모여 살고 있지 않을까?

나는 인간이 아니라 기계를 위해 마련된 우주선 내부를 둘러보았다. 그동안 완전히 되돌아온 기억을 깊은 곳에 묻고 묵묵히 살아왔던 예나를 쳐다보았다. 그리고 아직 완전히 죽지 않았기 때문에 다시 살려 낼 수 있는 무니도 지켜보았다.

"셋이 함께 떠난다면 다를지도 몰라."

우리는 얼굴이 없었기 때문에 사람처럼 표정 변화로 생각을 읽어 낼 수가 없었다. 하지만 아무 신호나 말이 없었음에도 예나가 내 생각에 동의한다는 건 알 수 있었다. 무니도 결국은 우리와 같은 결론에 도달할 것이다. 그가 기억을 되찾을 수 있도록 우리가 꾸준히 도와준다면.

"아버지가 늘 그랬지. 사고는 연달아 터진다고. 적어도 그건 맞는 말이었어. 무니가 크게 다치긴 했지만 덕분에 우리가 속을 털어놓고 탈출도 하게 됐네."

예나는 내 말을 듣더니 어이가 없다는 듯 머리를 내저으며 핀잔을 주었다.

"이젠 아버지라는 단어도 잊고, 그 사람이 한 말을 믿는 습관도 버려. 전부 틀렸거든. 우연은 없어. 내가 이 우주선을 조사했다고 했지? 이건 고장나지 않았어! 굴착 로봇도 저 사람 모습을 한 로봇이 숨어서 간섭 소프트웨어를 전송했기 때문에 터진 거야. 우리에게 접근하려고 그랬겠지."

성조 씨를 닮은 로봇은 굴착기를 터뜨릴 생각까지는 없었을 것이다. 그냥 고장을 내고 그 틈을 타 접근할 계획이었을 것이다. 자칫하다가는 탈취하러 온 기계, 그러니까 내가 다칠 위험이 있었으니까. 튕겨나가던 무니와 충돌한 것도 우연이 아니라 목표물을 잃지 않으려고 의도적으로 가로막았던 것뿐이겠지.

예나 말이 맞다. 나는 이제 두 '사람'이 상징하는 과거에 매달릴 필요가 없다. 화성에 있는 자는 머리부터 발끝까지 사람이었고 이오에 있는 자는 신체 절반이 기계였지만 그들은 똑같았다. 이윤 때문에 아이들의 정신을 매매하고 속이고 죽을 수도 있는 위험에 몰아넣는 존재에 불과했다.

예나는 평상시처럼 제 할 말을 끝내고는 침착하게 해야 할 일을 했다. 예나가 암호화된 신호를 보내자 이번에는 정말로 리턴호가 우리를 향해 날아오기 시작했다. 우리 앞에 무엇이 기다리고 있는

지 모르는 지금, 챙길 수 있는 것은 모조리 챙길수록 유리했다.

　나는 예나의 어깨에 손을 얹고, 투명한 전망창 바깥에서 알록달록 다채롭게 반짝이는 별들을 뚫어져라 바라보았다.

나의
서울대
합격 수기

김성희

김성희

인터파크 북앤 작가단, 한국콘텐츠진흥원 2014 스토리작가 데뷔프로그램, 2015 콘텐츠 원작소설 창작과정에 선정됐다. 2014년 및 2015년 대한민국 스토리 어워드&페스티벌 (SA&F) 스토리마켓에서 피칭했다.

제4회 과학 및 액션소재 장르문학 단편소설 공모전에서 〈사랑예방백신백신〉으로 우수상을 수상했고, 씨네그루(주)키다리이엔티 시나리오 인큐베이팅 공모전에 〈산타클로스의 소원〉으로 당선되었다.

장편소설 《마이 미스 미세스》, 공동 단편집 《당신이 죽어야 하는 일곱 가지 이유》, 《첫사랑 위원회》를 출간했다.

그러면 이쪽을 보면 되나요? 아, 네 알겠습니다. 좀 떨리네요.

사실 아직까지 제가 서울대에 합격한 게 실감도 안 나고, 저 같은 애가 똑똑한 지구 학생들한테 감히 이런 얘기를 해도 되는지 모르겠네요. 고등학교 2학년 땐 내신이고 모의고사고 완전 바닥에. 전교 꼴등까지 해봤어요, 제가.

무엇보다도 운이 좋았죠. 제가 수능을 보던 해, 서울대에서 달을 지역균형선발전형에 포함시킨 것도 있고요. 사실 그게 아니었음 어림도 없었죠.

그래도 이 학원 영어 선생님 얘기는 꼭 해주세요. 제가 서울대에 간 건 김태영 선생님의 강의를 들어서였습니다, 이렇게 꼭 넣어주세요. 그 형, 아니 그 선생님한테 신세를 많이 져서요.

아뇨, 진짜로 들은 건 아니에요. 사실 전 영어는 어느 정도 하거든요. 가정형편 특성상 그럴 수밖에 없었어요. 저희 집도 사실 예전엔 지구에 살았거든요. 할아버지가 살아 계실 때까지만 해도 형편이 꽤 괜찮았어요.

∞

사실 달은요, 가까이서는 생각보다 심각하게 볼 게 없어요. 달로 수학여행을 간다든지 호텔을 짓는다든지 하는 게 다 그래서 안 된 거예요. 게다가 대기가 없어서 태양빛을 직방으로 받으니까 낮에는 더워 죽지 밤에는 얼어 죽지. 방사능도 엄청나고. 우주선에서 몇날 며칠을 맛대가리 없는 음식에 쪽잠 자면서 올 만한 덴 아니에요. 산 사람들한텐 최악의 관광지죠.

그래도 멀리 떨어진 지구에서는 꽤 볼 만하고, 좋든 싫든 매일 봐야 되니까, 죽은 지구인들의 묫자리로는 이만한 곳을 찾기가 힘들죠. 그래서 달에 유골을 모셔다 주는 달 장례업이 한때 붐이었고, 저희 할아버지가 장의사가 됐을 때까지만 해도 우주 장의사는 지구에서 아주 유망한 직업이었어요.

1999년이 처음이었대요. 유진 슈메이커라고, 생전에 그 엄청난 천문학적 뭘 발견한 박사라고 하더라고요. 루나 프로스펙터라는 무인 탐사선에 그 사람 유골을 싣고 달에 충돌시킨 거죠. 그때야 뭐 천문학적인 돈이 들었겠지만, 지금이야 뭐 돈 얼마면 개나 소나…… 아니 진짜로 개, 소도 해줘요. 돈만 주면.

아무튼 할아버지 때부터 하던 달 장례업이 저희 부모님 때 와서는 경쟁이 너무 세진 거예요. 막판에는 원가를 줄이겠다고 별짓을 다했어요. 그래서 그때 처음 제가 달에 갔다니까요. 중학생 때.

게다가 그전에는 뼛가루를 캡슐에 담아서 그걸 그냥 달에 갖다 박으면 끝이었거든요? 그런데 이게 하도 많아지니까 유골 캡슐이며 그걸 싣고 간 착륙선 문제가 자꾸 생기는 게 보기 안 좋았나 봐요. 업체에서 관리를 안 하면 나라에서 영업을 정지시킨다고 하더라고요.

지구로 돌아오지 않아도 되니까, 막말로 어떻게 되든 상관없으니까 죽은 사람들이 산 사람들보다 달에 싸게 가는 건데. 이젠 산 사람이 가서 관리해야 되니까 돈은 더 들지, 그런데도 경쟁업체는 자꾸 생기지. 그래서 제가 왜 갔냐고요? 가족들 중에서 제가 제일 작고 가벼우니까요. 연료 값 산소 값 아끼려고 저까지 동원된 거죠.

제가 안 그래도 작은데 그때 달 지구를 오가면서 더 작아진 게 아닌가 싶어요. 한창 클 땐데 생활도 불규칙적이었지, 잠도 제대로 못 잤지. 비행 스케줄이 달 돌아가는 데 맞춰져 있었으니까요. 다른 친구들이 대치동이니 중계동을 돌 때 저는 지구며 달 궤도를 돌았죠.

아, 그렇다고 그런 걸로 부모님 원망 같은 건 해본 적이 없어요. 그맘때 우주 장의사들치고 산 사람처럼 사는 사람 아무도 없었으니까요. 비행하고 올 때도 부모님은 너무 바쁘셔서 할아버지만 저 마중 나오고 그랬어요.

달에서 지구로 왔을 때 우주선에서 딱 내리면 처음 한 시간 정도는 좀 정신없거든요. 몸도 무겁고, 속도 뒤집히고. 아무래도 몸이 지구 중력에 적응해야 하니까요. 그때마다 할아버지는 뛰어와서 제 손발 막 주물러 주시고.

전 처음에는 원래 달에 갔다 오면 그걸 다 해줘야 하는 건 줄 알았어요. 그런데 나중에 다른 사람들은 보니까, 마중 나온 사람들이 그냥, "왔니? 고생했다. 뭐 먹을래?" 그러는데 우리 할아버지만 저한테 달라붙어서 그러니까 전 좀 창피했거든요. 그래서 제가 "할아버지, 나 괜찮아." 해도, 우리 할아버지만 꿋꿋하게 "손발이 와 이래 차노." 하면서 계속 그러셨어요.

네? 아, 물론 돈만 많으면 아무 때나 가도 상관없죠. 그런데 지구랑 달이 가까워질 때 가는 게 아무래도 싸니까요. 모르셨어요? 아, 달에 한 번도 안 와 보셨구나……. 혹시 달에 오시게 되면 그런 거 잘 보고 오세요. 표값이 엄청나게 차이 날 테니까. 지구랑 달이 제일 가까울 때가 한 356,400키로쯤 되고요, 제일 멀 때가 406,700키로쯤 돼요. 거의 뭐 5만 키로 차이가 나니까요. 그래서 장례회사들이 달에 사람을 출장 보내는 날이나 무인 착륙선을 내리는 날은 죄다 달 돌아가는 데 맞춰져 있죠.

암튼 그때 저도 달에 가서 손님들 뼛가루가 잘 있나 사진도 찍고, 나라에서 하라는 것도 막 하고 그랬죠. 그때쯤 그렇게 집안일을 도우면서 영어가 늘었어요. 사무실에 하도 문의가 들어와서요.

이 일이 사후에 민원은 거의 없는데, 그전이 문제예요. 문의하는 사람들이 대부분 옛날 사람들이라, 아직도 사람이 달에 진짜로 갔네 마네 음모론이네 뭐네 그런 거 믿는 사람들이 많거든요. 지구에서는 할배 할매들 상대해야지, 달에서는 다른 회사에서 온 사람들이랑 싸워야지. 욕 몇 마디 가지고는 어림도 없다니까요. 영어가 늘 수밖에요.

아무튼 온 식구가 다 달라붙었는데도 결국엔 잘 안 됐어요. 나중에 가선 정부가 규제니 뭐니 하면서 큰 회사 몇 개만 두고 나머지는 모두 달 착륙권을 회수해 버렸거든요. 결국 빚만 잔뜩 지고. 저희가 살던 집은 말할 것도 없고 할아버지가 깔고 앉은 아파트까지 날리고, 지구 땅에선 있을 데가 없어서 달로 왔죠.

할아버지는 달에 오기 직전에 돌아가셨어요. 사실 모시고 오려 해도 몸이 너무 쇠약해져서 오실 수가 없었을 거예요. 할아버지야말로 어렸을 때 달로 수학여행 가는 그림 같은 걸 그리던 세대였고, 저희 할아버지를 포함해서 그때 사람들 대부분은 달에 가는 꿈을 다 한 번씩은 품고 사셨대요.

할아버지도 그래서 우주 장의사가 됐던 거고, 수많은 그때 사람들의 꿈을 이루어 주셨지만, 정작 저희 할아버지는 지구에 묻혔어요. 달 장례업을 큰 회사 몇 개가 독점하는 바람에 다시 가격이 올라 버렸거든요. 아무튼 전 그래서 손발이 시리면 괜히 지구를 올려다보게 되더라고요.

제가 달로 온 게 중학교 졸업할 즈음이니까, 지구에 있는 외고 과학고 이런 건 꿈도 못 꿨죠. 물론 들어서 짐작하시겠지만, 가족 장사를 도우면서 고등학교 입시 준비할 틈도 없었지만요.

∞

고등학교 생활은 처음엔 정말 좋았어요. 말씀드렸다시피 중학교 때 달에 몇 번 다녀온 적이 있어서 달 중력이나 환경이 놀랍지도 않았고, 지구에선 부모님 일을 돕느라 학교생활에 좀 소홀했던 걸 생각하면 여기선 오히려 학교생활에만 충실할 수 있었어요. 지구에서 왔다고 텃세 부리는 애들도 없었고요.

아, 저보고 "지구에서 병균을 가지고 왔다! 병균 옮는다!" 이러면서 놀리는 애가 있었는데, 나중에 알고 보니 걔는 거기 애들도 상대 안 해주는 또라이더라고요. 좀 이상한 애였지만, 걔 말이 아예 근거 없는 말은 아닌 게, 달에는 병균이 있을 수 없거든요. 균도 살 수 없는 아주 척박한 환경이라. 사실 달에서 사람들이 감기 걸리고 하는 건, 다 지구 사람들이 옮긴 거예요.

아무튼 그 또라이 친구만 빼면, 애들이 좀 무뚝뚝해서 그렇지 좋은 애들이었던 것 같아요. 걔들은 달 사투리를 창피해하면서, 처음엔 제 앞에선 괜히 막 지구말 하고 그랬거든요? 그런데 저는 달 사투리가 오히려 지구말보다 좋더라고요. 왠지 멋있는 것 같고. 전 아무리 해도 어색하더라고요.

다만 그건 좀 있었어요. 눈에 보이진 않지만 분명히 있는 경계선, 학교 애들 사이를 가로지르고 있는 건널 수 없는 강. 아, 지구 애들이랑 달 애들 사이가 아니고요. 기지 애들이랑 공장 애들 사이요.

제가 살던 동네는 달 공장이랑 달 기지가 같이 있는 동네였어요. 예전에 지구에서 석탄 캐던 것처럼 달에서도 에너지원을 캐내는 광산이 있어요. 그렇게 캐낸 걸 골라내고 가공해서 다른 지역이나 지구로 보내는 공장이 있는데 그게 우리 동네에 있었어요.

그리고 기지도요. 보통 지구에서 화성으로 가는 중간 기지로 쓰이는 기지가 있었죠. 대부분 지구 출신 과학자들이 일하고요. 그 사람들은 보통 기지 쪽에서 주는 집에서 사는데, 지구 중력이나 환경 같은 걸 그대로 재현해 놨더라고요. 몸도 무겁고 낮에는 파랗고 밤에는 까맣고. 저도 한번 놀러가 봤는데 깜짝 놀랐어요. 뭐 이런 것까지 해놓나 싶은 것들도 있었다니까요. 지구 날씨랑 연동해 놓고, 지구에 비가 오면 비까지는 아니더라도 공기가 좀 눅눅해지고, 지구에 봄이 오면 건조해지고 뭐 그런 것들? 지구에 있을 땐 제습기니 가습기니 필사적으로 돌렸을 거면서, 좀 유난이다 싶기도 했어요.

아무튼 부모님이 공장에서 월석 골라내는 일을 하는 애들이랑 기지에서 월석으로 실험하는 부모님을 둔 애들 사이에 벽 같은 게 분명히 있어요. 대놓고 싸우거나 편 갈라져 있거나 그런 건 절대 아니고요. 학교 분위기는 좋았다니까요. 애들도 사이좋게 지내고.

다만 밥 먹을 때나 집에 갈 때 자연스럽게 끼리끼리 모이더라고요. 어깨가 무거운 건 오히려 지구 중력 속에서 사는 기지 애들일 텐데, 어쩐지 공장 애들이 더 어깨가 처져 있는 것 같기도 하고. 뭐, 이건 제 기분 탓인지도 모르죠.

저희 부모님이요? 그때 전 저희 집은 중간쯤이었다고 생각했어요. 지구에서 빚에 쫓겨 온 것 치고는 자리를 잘 잡은 편이라고. 보통 지구에서 그런 식으로 달에 오는 집들은 달 공장을 보고 오거든요. 저희 엄마는 보험을 하셨어요, 보험설계사. 네, 뭐, 영업 쪽이죠. 저희 부모님이 지구에서 했던 일이 달에서는 별로 써먹을 데가 없더라고요. 아니, 달 사람들을 달에 묻는 게 뭐 그리 특별하고 돈 되는 일이겠어요.

달에서는요, 질병이든 상해든 보험이 필수예요. 아니, 생각해 보세요. 달에는 대기가 없잖아요. 물론 산소가 없어서 숨도 못 쉬죠. 음…… 근육이 약해지는 건 중력 때문이고요. 근데 그게 다가 아니잖아요. 아이고, 답답하시네. 아니, 진짜 언제 한번 이쪽으로 건너올래요? 아까 말했듯이 지구랑 거리가 가까워지면 표가 좀 싸니까.

지구에는 대기가 있잖아요. 그래서 하늘에 구름도 끼고 눈도 오고 비도 오는 그런 날씨가 있는 거고. 낮에는 파랗고 밤에는 까맣잖아요. 아니 그러니까, 대기가 태양빛을 산란시켜서 낮에는 하늘이 파랗고…….

그럼 그냥, 방패막이 같은 거라고 생각하세요. 대기가 태양에서 오는 방사선 같은 나쁜 것도 막아 주고, 온도도 조절해 주고, 운석도 막아 주고 그러는 거라고. 네, 요즘 지구에서 환경오염 때문에 구멍 나게 생긴 그거요.

지구에서는 대기에 구멍 좀 뚫린다고 난리잖아요. 달에는 그 대기라는 게 없다고 보면 돼요. 그래서 태양에서 오는 방사선 같은 것도 온몸으로 받아야 하고요, 낮에는 기온이 110도가 넘고, 밤에는 영하 150도가 넘어요. 근데도 하늘은 밤낮 구분 없이 새카맣지, 땅에 풀 한 포기 나길 하나. 운석도 언제 어디서 떨어질지 모르고요. 떨어진 운석 때문에 먼지도 엄청나고.

지구의 미세먼지? 달 먼지에 비하면 상쾌한 수준이에요. 달은 사람 살기에 정말이지 최악이라니까요. 원래는 사람이 못 사는 데예요. 방사선 맞고 암에 걸려 죽든지 운석 맞고 비명횡사를 하든지 이도 저도 아니면 우울증 걸려 죽든지…….

암튼 그러니까, 이런 데서 사람이 살려면 보험이 필요하겠죠. 그것도 많이. 그래서 엄마 일은 잘되겠지 생각했던 것 같아요. 뭐, 우리 엄마니까 특별히 더 잘되겠지 생각한 것도 있고요.

지구에서 죽는 사람들 상대로 장사도 했는데, 죽기 싫은 사람들이야 뭐……. 공장 사람들이라고 죽는 게 쉽겠어요? 기지의 배운 사람들이라고 죽는 게 덜 무서운 건 아니잖아요?

아, 죽는 얘기 자꾸 해서 죄송해요. 아무래도 가업이 이쪽이었어서……. 알아서 잘 편집해 주실 거죠? 네, 그런 얘긴 좀 빼고 써주세요. 제가 아까 좀 짜증낸 것도 좀……. 네, 고맙습니다. 입학도 하기 전에 제가 학교 이미지 망칠 순 없잖아요.

아, 제가 어디까지 얘기했죠? 무슨 얘기하다가 이렇게……. 아, 엄마가 달에서 보험 영업을 했다. 우리 집안 형편이 기지랑 공장 중간쯤인 것 같다. 네, 그랬죠.

사실 엄마가 돈을 얼마나 버시는지, 우리 집안 형편이 어디쯤인지 제가 어떻게 알겠어요.

그냥, 저는 엄마가 가끔 지구 본사에 다녀올 때마다 가져오는 지구 음식들, 그런 걸 다른 애들보다 자주 먹으니까 좋은가 보다 했죠. 생선, 야채, 과일, 고기 이런 것들 있잖아요. 그 총천연색 알록달록한 자연식품. 달에서도 팔긴 하죠. 그런데 달에서 난 자연식품은 절대 자연에서 난 게 아니고, 지구에서 여차저차 거쳐서 수입해 온 건 아무래도 한물 간 거죠. 둘 다 비싸긴 오지게 비싸면서.

당연히 달에는 생선이 없죠. 물고기가 없어요. 바다가 없으니까요. 달에서 고요의 바다니 뭐니 하는 건 진짜 바다가 아니에요.

……저기 죄송한데 학교 어디 나오셨어요? 아니, 제가 서울대 합격해서 이러는 게 아니라요, 혹시 제가 대기가 어떻고 뭐 그런 얘기 다시 해드려야 하나 해서요. 네, 고맙습니다.

아무튼 그때 정말 좋았어요. 집에서 맛있는 것도 먹고, 아까 말씀드렸듯이 학교생활도 좋았고요. 성적도 좋았죠. 내신도 잘 받았고, 모의고사도 괜찮았어요.

사실 처음 모의고사 성적 나오고 나니까, 학교 선생님들도 저한테 기대하는 게 보이고, 친구들도 모르는 건 저한테 물어보고 막 그랬었거든요. 그땐 서울대에 갈 만한 정도도 아니었는데 그랬어요. 저도 그냥 '인 지구'만 하면 다행이라고 생각했고요.

집에서요? 아빠도 뭐 제가 성적표 가져가면 엄청 좋아하셨죠. 가방에서 성적표를 꺼내기도 전에 웃고 계시고. 꺼내 보여드리면 더 웃고 계시고.

엄만 저한테 별말은 없었어요. 아무리 성적이 잘 나와도 저한텐 잘했다, 수고했다, 그런 말 전혀 없으셨고. 그런데 제가 방문 닫고 나가고 나면? 바로 지구에 있는 이모한테 전화하시죠. 자랑하려고. 문 밖에 있는 저한테까지 다 들리게.

지구에서는 한 번도 다녀 본 적 없는 학원을 다녔기 때문일까요. 실은 지구에서도 성적이 나쁜 편은 아니었는데, 달에서는 늘 상위권이었어요. 그 일이 있기 전까지는 뭘 해도 다 5등 안엔 들었죠. 국영수 공부도 그렇고, 공부 잘하는 애들이 약했던 예체능 같은 것도 저는 달 애들보다 잘할 수밖에 없었기 때문에 내신도 항상 좋고.

지구에서 오래 살았으니까 근력이나 이런 건 달 애들보다 훨씬 좋을 수밖에 없죠. 음, 그러니까, 온몸에 무거운 모래주머니를 감고 다니다가 벗어던진 셈이잖아요? 체육시간엔 말 그대로 날아다니죠.

이건 근거 없는 생각이지만, 지구에서 예쁘고 좋은 걸 보고 듣다 와서 그림도 잘 그리고 음악적 감각도 있고 그랬던 게 아닌가 싶어요. 물론 처음엔 그림 그릴 때 힘 조절이 안 돼서 미술학원은 좀 다녔지만, 학원 선생님도 제가 색깔 쓰는 거 보고 놀라시더라고요. 바깥에서 색깔이라고는 흰색 까만색 종류 아니면 볼 수가 없는 달 애들이 쓰는 색이랑, 지구에서 창문만 열면 파란 하늘에 휴가철에 산이며 바다 같은 데 다녔던 저랑 쓰는 색 자체가 다를 수밖에 없지 않겠어요? 그런 데서 진짜 물소리며 새소리 같은 걸 들었던 저랑은 듣는 감각 자체도 다르겠죠.

그렇게 저는 금세 달이 좋아졌어요. 그런데 엄마는 아니었던 모양이에요.

∞

엄마는 지구에 살 때보다 더 지구인처럼 살고 싶어 하셨어요. 아까 말씀드렸던 지구 음식부터 시작해서 말이죠. 오히려 지구에 있을 때보다 더 지구 음식을 많이 먹었던 것 같아요. 지구에서 가져온 옷도 하나도 안 버리려고 하셨고요.

언제는 아빠가 집안 청소를 하다가 엄마가 지구에서 입던 겨울옷들을 갖다 버리셨거든요? 당연한 얘기지만, 달에선 실내를 나설 일이 거의 없어요. 우주복을 입지 않고선 나가서도 안 되고요. 그래서 살벌한 바깥과는 달리 실내는 항상 지구의 봄 날씨죠. 코트나 두꺼운 겨울 점퍼 같은 것들은 입을 일이 없어요.

그런데 그 옷들을 아빠가 버렸다고 하니까, 엄마가 집에 와서 엄청나게 화를 내시는 거예요. 그래서 아빠가, 안 그래도 좁은 집에 입지도 않는 옷은 자리만 차지하지 않냐, 애초에 달에 겨울옷은 왜 가지고 온 거냐. 그러니까 엄마는, 당신은 그럼 평생 여기서 살려고 하냐, 지구로 가는 건 이젠 아예 포기를 한 거냐, 당신은 그렇다 쳐도 우리 애는?

그래서 제가 말려 보려고 "엄마, 난 괜찮아. 난 달에서 사는 거좋아." 하면, 엄마는 그런 말 같지도 않은 소리 하지도 말라고, 누굴 닮아서 이렇게 물러 터졌는지 모르겠다고 하면서 아빠를 보시는 거죠.

나중에 가서는 이런 싸움이 점점 잦아지고 거세졌는데요, 저는 엄마 화만 돋울 게 뻔했기 때문에 말릴 생각도 못하고 방에 틀어박혔죠.

사실 아직 대학생활을 해보지 않아서 서울대가 뭐가 좋은지는 잘 모르겠어요. 그런데 확실히 좋은 건 한 가지 있어요.

달을 떠날 때까지 엄마는 잘 알지도 못하는 사람들한테 달에 온 이유를 설명하셨어요. 심지어 누가 묻지도 않았는데도 만나자마자 막 쏟아 내는 거예요. 괜히 막 어색하게 웃으면서.

"우리 애 아빠가 평생 지구에서만 살아서 그런지, 이쪽 동네에 대한 환상 같은 게 있어서요. 지구에 있을 때 허구한 날 말도 안 되는 공상과학소설이나 보고 앉아 있더니, 기어이 저 몰래 일을 친 거 있죠."

"아유, 요즘은 지구도 예전 같지 않아요. 우리 때나 파란 하늘이고 사계절이었지. 지구에 있을 때도 밖에 나가질 못했다니까요. 그러면서도 나라에선 에어컨 틀지 마라 난방비 아껴라, 어찌나 참견하고 귀찮게 하던지. 차라리 맘 편하게 달에 있는 게 낫다니까요."

그건 마치 변명 같았어요. 그런데 제가 서울대에 가게 됐다고 했을 때, 왜냐고 묻는 사람은 아직 한 명도 못 만나 봤어요. 어쩌다가 그런 곳에 가게 됐냐고 안쓰러워하는 사람도 없고. 와! 하면 했지, 왜? 하지는 않더라고요. 설령 누가 궁금해하더라도 거짓말을 한다거나 기분 나쁜데 괜히 기분 좋은 척할 필요도 없겠죠.

아빠는 엄마가 보험왕이 되어서 지구에 있는 본사로 갔다고 했지만, 그런 거짓말을 믿기엔 18살은 너무 많은 나이잖아요? 엄마는 더 이상, 엄마 말고는 아무도 궁금해하지 않는, 엄마가 달에 살아야만 하는 이유를 만들어 내고 싶지 않았던 거예요.

∞

당시 여자친구가 많이 힘이 됐죠. 학원에서 알게 됐어요. 정확히 말하자면, 학원 버스에서요. 저는 학원 버스 탈 때, 그냥 제일 구석 자리에 앉아서 이어폰 끼고 계속 창밖 보고 있었거든요. 물론 창문을 왜 뚫어놨는지 모를 정도로 볼 건 없었지만. 버스에 누가 타고 내리고 그런 건 전혀 신경 안 썼어요.

그런데 어느 날 저희 집 근처에서 제가 내리는데 어떤 작고 까만 여자애가 같이 내렸어요. 사실 걔가 절 불러 세우지만 않았으

면 그날도 같이 내리는 줄 몰랐을 거예요. 제 어깨를 톡톡 건드리기에 보니까 대뜸,

"나 이 학원 안 다녀."

그러기에 전 벙쪘죠. 무슨 말을 해줘야 할지 모르겠고. 저런, 이 학원도 안 다니는데 학원 버스를 훔쳐 탄 게로구나. 참 양심도 없네. 이럴 순 없잖아요 처음 보는 애한테. 그래서 그냥 가만있으니까,

"나 이 동네도 안 살아."

이러더니 막 뛰어가는 거예요. 얼굴에 불이라도 붙은 것마냥 펄쩍 뛰더니. 뒤도 한 번 안 돌아보고. 전 그냥 집에 왔죠. 참 이상한 애였어, 하면서.

그런데 걔가 다음 날 우리 반에 떡하니 앉아 있는 거예요. 제가 놀라서,

"너 이 학교도 안 다녀?"

하니까 저랑 같은 반이라는 거예요. 그때가 고등학교 2학년 올라가고 며칠 안 된 때였으니까 전혀 몰랐죠.

그리고 그때부터 저는 걔가 눈에 들어오는 거예요. 학교에서도 그렇고. 학원 버스 탈 때도, 이어폰도 빼고, 괜히 누가 타는지 내리는지 계속 보고. 그런데 걔는 딱 그때부터 저를 생까더라고요. 학교에서 말도 안 걸고, 학원 버스도 안 타고. 그런데도 저는 자꾸 걔를 보게 되고.

처음에는 그냥 작고 까만 애였는데, 계속 보니까 귀엽고 매력적인 애가 되더라고요. 급기야는 제가, '쟤는 왜 나랑 같은 학원도 안 다니고 같은 동네도 안 살면서 왜 나랑 같은 학원 버스는 안 타는 거지?' 이런 말도 안 되는 생각을 하고 있길래, 걔한테 얘기했죠.

"나랑 같은 학원 다닐래?"

사귀고 나서 알게 된 건데, 여자친구네 어머님이랑 저희 엄마랑 같은 회사를 다니고 있었더라고요. 네, 저희 엄마가 달에 있을 때 다녔던 그 보험회사요. 가끔 우리 집에 놀러오는 아줌마가 여자친구네 어머님이었다니. 저도 놀라고 여자친구도 놀라고.

여자친구가 막 저한테 "네가 그 엄마 친구 아들이었다니." 하고, "그래도 얼굴 잘생겼다는 건 뻥이겠지 생각했는데, 뻥 아니네." 이러고.

아무튼 저희 부모님이 이혼하셨을 때도 여자친구가 절 많이 신경 써 줬어요. 다 알고 있었을 텐데도 별 말 안 하고, 저랑 같은 학원도 같은 동네도 아니면서 저랑 같이 학원 버스도 타 주고.

아, 여자친구는 결국 저랑 같은 학원엔 못 다녔어요. 제가 다니던 학원이 학원비가 좀 많이 비쌌거든요. 그런데 저는 엄마가 아빠랑 이혼하고 나서도 지구에서 학원비며 생활비를 보내 주셔서 그 학원에 계속 다녔죠.

저희 아빠요? 음······ 어······.

사실 우리 가족 중에 아빠만 달에서 잘 적응하질 못했어요. 엄마는, 아빠가 평생 할아버지 장례회사에서만 일해 봐서 다른 사람 밑에선 일을 못하는 거다, 지구에 살면서 고생이라곤 해본 적이 없어서 그렇다고도 하셨죠.

그런데 전 그렇게 생각 안 했어요. 지구에 있을 때 아빠는 일을 참 꼼꼼하고 섬세하게 하셨거든요. 그건 제가 잘 알죠.

보통 저희 같은 달 장례회사에서는 손님들 유골을 캡슐에 담아서 달로 보내거든요. 캡슐이 어느 정도 모이고 달과 지구의 거리가 가까워질 때까지 대기했다가, 착륙선에 실어 달에 있는 공동묘지로 쏘는 거죠.

그 캡슐에 지구의 묘비처럼 망자의 이름이랑 출생·사망년도 같은 걸 새겨 넣는데, 다른 데서는 그걸 다 외주를 줘요. 그런데 저희는 그걸 아빠가 직접 했어요.

이 사람 이름 한자는 뭘로 되어 있고 무슨 의미였는지, 손님들 살아 있을 때 사진 같은 것도 구해다 보면서, 생전에 무슨 일을 했었는지 성격은 어땠는지, 그런 것도 다 생각해 가면서요.

엄마는, 바빠 죽겠는데 지금 뭐 하는 거냐고 타박했지만, 그게 다른 업체랑 다른 게 티가 나나 봐요. 유족들이 다른 유족들을 소개시켜 준 일이 꽤 있었어요.

유골을 싣고 가는 무인 달착륙선도 사실 우리 집 게 정말 구식이거든요. 할아버지 때부터 쓴 거라. 근데도 아직까지 멀쩡해요. 아니, 우리 집 게 제일 잘나갔어요.

달 공동묘지에 가 보시면 신형인데도 망가져서 방치돼 있는 착륙선들 많아요. 물론, 무인 착륙선이고 지구에서부터 자동항해하는 거라 엄청나게 큰 변수가 닥친다면 제대로 대응하기가 힘든 것도 있죠. 그런데 대부분은 갑자기 큰 고장이 난 게 아니라, 일상적인 작은 흠집들이 쌓이고 쌓여서 어느 날 갑자기 크게 망가진 것처럼 보이는 것들이에요. 예를 들면 착륙선이 달에서 묻혀 오는 먼지를 소홀히 한다든지, 우주에 돌아다니는 작은 파편들에 입은 상처를 무심코 지나쳤다든지 하는 것들.

우리 착륙선은 아빠가 지구에서 워낙 꼼꼼하게 보살펴서 달에서 고장 한 번 없었어요. 사실 정부에서 달로 장의사들을 보내 관리하라고 한 건 착륙선 문제가 제일 컸어요. 근데 저희 집 착륙선은 워낙 멀쩡해서 달에 가서 그쪽으로는 딱히 할 일이 없었어요.

그래서 전 달에 다녀오면 막 자랑스러운 거죠. 아빠한테 막 자랑하는 거죠. 우리 집 착륙선이 제일 멋지더라, 어디 회사 것도 보니까 영 시원찮더라. 모 기업 것도 달 먼지 땜에 장애물 감지 센서가 맛이 가서 착륙하다 뒤집히더라. 이런 식으로요.

그러면 아빠는 내가 종알종알 떠드는 걸 지켜보면서, 아빠 특유의 그 웃음을 짓고 계시는 거죠.

"히히."

아니 정말로 얼굴이 왜 그렇게까지 되지, 싶을 정도로 환한 웃음이었어요. 윗니 아랫니가 다 드러나는 환한 미소요.

제가 학교에서 성적표를 가지고 올 때도 그렇게 웃으셨죠. 학원에서 시험 본 거 가져다 드려도 그러셨고. 사실 제가 가정통신문만 갖고 와도 그렇게 좋아하셨어요. 아니, 그냥 오다가다 저만 봐도 그렇게 웃으셨으니까, 무슨 인사처럼.

그렇게 환하게 인사할 줄 아는 분인데도, 아빠는 달에서 취직을 못했어요.

물론 아빠가 처음부터 집에만 계셨던 건 아니었어요. 꾸준히 일을 하시긴 했죠. 한 가지 일을 오래 못하셔서 그렇지. 아빠가 달에 와서 안 해보신 일은 아마 없지 싶어요.

아빠는 그렇게 길면 석 달이나 짧으면 보름 주기로 입사와 퇴사를 반복하다, 결국엔 사고를 쳤어요. 아니, 아니요. 큰 사고는 아니었어요.

그냥 어떤 건물 밖에 있는 산소 제조기를 점검하시다가, 아빠가 입고 있던 회사 우주복이 조금 찢어진 거예요. 실외에서 일하다 보면 종종 있는 일이고, 그러면 빨리 실내로 들어와서 새걸로 갈아입고 망가진 건 그냥 수리 맡기면 되거든요.

그런데 그 회사 사장이 우주복 수리비도 아빠가 내야 되고, 아빠가 입사하기 전부터 문제가 있던 수소 탱크도 아빠 잘못이라는 식으로 얘기했던 거예요. 그것도 물어내라고.

그런데도 아빠는 우주복 수리비를 회사에다 주고, '그럼 이제 수소 탱크는 어떡하지.' 이러고 혼자 끙끙 앓고 있었던 거예요. 그걸 엄마가 알고는 아빠 회사에 가서 사장한테 한바탕 퍼붓고, 아빠 대신 사표를 쓰고 나왔어요. 그 뒤로 엄마가 지구에 갈 때까지, 아빠는 집에서 살림을 돌보셨죠.

엄마가 지구 이모네로 간 뒤에도, 아빠랑 나 둘이서 그런대로 잘 지냈어요.

학원 끝나고 집에 오면 아무리 늦어도 아빠랑 그날 있었던 얘기도 하고요. 그맘땐 주로 제 여자친구 얘기였죠.

아빠, 내 여자친구도 지구에서 왔대. 초등학교 때까지 지구에서 꽃집 했었대. 그러다 걔네 외삼촌한테 보증 서 준 게 잘못됐다나. 그때 걔네 엄마 화병 나서 아직도 가끔 병원 다닌다더라. 아무튼 그 꽃집 달에서 했으면 완전 부자 됐을 건데. 그럼 걔가 나 만나 줬을까?

아직도 걔네 엄마는 꽃 좋아한대. 집에 돈도 없는데 툭하면 꽃을 산다고 걔네 아빠보다 내 여자친구가 더 싫어해. 역시 나 안 만나 줬겠지?

그러면 아빠는 내가 종알종알 떠드는 걸 지켜보면서, 아빠 특유의 그 웃음을 짓고 계시는 거죠.

"히히."

엄마가 지구로 간 지 얼마 되지 않아서, 아빠는 다시 일을 시작하셨어요. 물론 여전히 대단히 짧은 주기로 입사와 퇴사를 반복하셨지만, 그래도 꾸준히 하셨어요.

덕분에 아빠 특유의 그 웃음을 집 밖에서도 볼 일이 많아졌죠.

어떤 날은 달 기지로 견학 갔다가 보일러를 수리하는 아빠랑 마주쳐서 "히히."

또 어떤 날은 학원 가는 길에 달 공장에서 퇴근하고 오는 아빠랑 마주쳐서 "히히."

그리고 또 어떤 날엔 학원 버스에서 운전하고 있는 아빠랑 마주치니까 "히히."

그럼 저는 "아빠 안녕." 하면서 손을 흔들고, 그럼 아빠는 이제 아예 윗니 아랫니도 모자라 어금니까지 다 보일 것처럼 "히히."

언젠가는 제가 학원 끝나고 집에 와서 아빠가 또 '히히' 하고 웃는데, 앞니 하나가 없는 거예요. 안 그래도 그게 사람 좀 모자라 보이는 웃음이었는데, 이젠 정말로 바보 같은 거예요.

"아빠, 이빨이 왜 그래? 어떻게 된 거야?"

"또 사고 쳤지 뭐."

아빠가 학원 버스를 운전하다 핸들에 얼굴을 박았는데, 이가 빠져 버렸대요.

그래서 제가 아빠한테, 아빠 이건 산재다, 저번 회사에서처럼 당하지 말고 내일 당장 병원 가서 치료받고 진단서 끊어다가 학원 원장한테 제대로 청구를 해라, 했죠. 아빠가 알았다고는 했는데, 마음을 놓을 수가 있어야죠.

그래서 학교를 조퇴하고 병원으로 갔어요. 병원에서 나오는 아빠를 잡아다가 같이 학원으로 가려고요. 실은 그것보다 더 중요한 게 있었죠.

그날 학교에서 제 성적표가 나왔거든요. 전교 1등 성적표요. 늘 5위권 언저리에서 맴돌다 드디어 1등을 한 거죠!

학교 조퇴야 일도 아니죠. 전교 1등이 피치 못할 사정이 있으시다는데. 그런데 그 조퇴는, 아직까지도 제가 정말로 후회하는 일이 되어 버린 거예요.

병원 앞에서 아빠한테 막 전화를 하려고 하는데, 아빠가 마침 병원을 나서고 계셨어요. 그런데 저는 아빠를 부르는 대신에 아빠가 못 보는 데로 숨었어요.

아빠가 제 여자친구네 어머니랑 같이 나오고 있었거든요. 네, 우리 엄마 친구요. 그래도 그냥 아는 척했으면 좋았을 텐데, 전 왜 숨어 버렸던 걸까요. 아마도 아빠 손에 꽃다발이 들려 있어서 그랬겠죠. 잘은 안 들렸지만, 두 사람의 대화를 들으면 들을수록 제 의심은 확신이 되어 갔어요.

"……우리 애 엄마는 절대 모르게……."

"……형부, 이러지 마세요. 제가 어떻게……."

"……그래도 은밀히 좀……."

그런 종류의 대화가 오가다, 마지막엔 아빠가 제 여자친구 어머니에게 꽃다발을 내밀었어요. 제 여자친구 어머니는 계속 안 받으려고 하시는 것 같았고요.

그 꼴을 본 제가 덜덜 떨리는 손으로 아빠에게 전화를 걸었어요. 아빠는 제 전화가 오는 핸드폰을 보더니, 별 망설임 없이 다시 주머니에 집어넣었어요. 제 핸드폰으론 곧장, 상대방이 전화를 꺼 버렸다는 메시지가 흘러나왔죠. 그러거나 말거나, 아빠는 다시 꽃다발을 제 여자친구 어머니에게 내밀었어요. 결국 받아들더라고요.

전 그대로 다시 학교로 돌아가 수업을 다 받았어요. 학교가 끝나고 학원을 갔고요, 학원 수업도 다 들었고요.

그리고 학원 버스 문이 열리니까 운전석에 아빠가 있겠죠.

"히히."

앞니 하나는 여전히 없었어요. 저는 버스를 타지 않고 뒤돌아 내달렸어요.

∞

전교 1등이 되기까지는 참 오래 걸렸지만, 바닥을 치는 건 순식간이더라고요. 별로 어려운 일도 아니었고요. 같은 반에 전 여자친구이자 곧 여동생이 될지도 모르는 애가 있다고 생각하니 학교 빼먹기도 훨씬 쉬웠죠.

엄마 전화도 잘 못 받겠더라고요. 엄마가 달에 있을 때 고생했던 게 생각나고 그래서.

제가 뭐라고 그래요. 엄마가 일하느라 구두가 다 닳도록 돌아다녀도 싸구려 한 켤레 사 주는 법이 없던 아빠가, 엄마가 갖은 진상들한테 욕먹고 들어와도 좋은 소리 한 번 해준 적 없는 아빠가, 다른 여자한텐 알랑거리면서 그 비싼 꽃을 다발로 사다 바칩디다, 그래요?

이혼한 지 얼마나 됐다고. 멀쩡히 가정 있는 여자한테. 그것도 엄마랑 제일 친했던 친구한테. 내가 제일 좋아했던 여자친구의 엄마한테.

엄마는 지구 이모네에서 더부살이하면서 생활비를 보내 주는데, 그 생활비로 아빠는 벌써 다른 여자 꽃다발이나 사제낀다고 말하고 싶지 않았어요. 혹시 그래도 아빠가 일말의 양심은 있어서, 그 꽃다발 때문에 그동안 시키지도 않은 취직을 했던 건가 싶기도 했지만, 어떤 쪽이든 전 괜찮아지지 않았어요. 불륜에 알고 보니 남매에. 내 인생의 장르가 이쪽이었나 싶은 게.

달에서는 삐뚤어지기도 참 쉽지 않아요. 지구에서는 애들이 삐뚤어지면 밖으로 돌잖아요. 그런데 달에선 밖으로 나가서 할 일이 없어요. 밤낮으로 영하 100도와 영상 100도를 우습게 넘나드는 곳에서 뭘 할 수 있겠어요. 산소가 없어서 담배에 불도 안 붙어요. 헬멧 안 쓰고 오토바이 폭주? 애들이 그냥 좀 빗나가고 싶은 거지 머리가 터지고 싶은 건 아니잖아요. 공터에서 패싸움? 공터는 토 나올 정도로 많지만 그 싸움이 서로 우주복 찢는 것밖에 더 되겠어요?

그래도 저는 집 밖으로 학교 밖으로 돌았답니다. 가끔 밖에서 아빠를 마주쳤고, 그때마다 아빠는 "히히." 하고 웃었지만, 저는 아빠에게 대꾸도 안 했어요. 집 밖에서도 집 안에서도 철저히 외면했어요.

몇 달을 그러고 다닌 뒤에야 저는 아빠를 마주하게 됐어요. 제가 정신을 차린 게 아니라, 아빠가 병원에 입원했거든요. 암이라고. 이미 무슨 암이라고 부를 게 아니었어요. 암세포가 얼굴까지 타고 올라왔다고 하더라고요. 아빠 앞니는 그래서 빠진 거라고.

길어야 3개월이라는 의사의 말에도 저는 아빠가 용서되지 않았어요. 전남편을 간호하겠다며 지구에서 온 엄마를 볼 때면 더 화가 났어요. 그 와중에도 답답한 소리를 하면서 속을 뒤집는 아빠를 보면 참을 수가 없었죠.

아빠는 의사한테 자꾸 빠진 앞니를 해넣고 싶다고 떼를 썼어요. 의사는 당연히 안 된다고 그러죠. 암 치료도 벅찬데 치과 치료라뇨. 어느 날 보다 못한 제가 울컥해서,

"도대체 누구한테 잘 보이려고 그래? 이제 아빠를 누가 들여다본다고 자꾸 그러냐고!"

아빠는 병원에 입원한 지 일주일도 안 돼서 돌아가셨어요. 그런데 암으로 돌아가신 건 아니었어요. 사실 아빠가 본격적으로 병마와 싸우기도 전이었죠.

아빠는 무인 달착륙선에 치어서 돌아가셨어요. 저희 집이 지구에 있을 때 주로 착륙선을 내리던 달 공동묘지에서 사고가 났죠.

전 궁금했어요. 아빠는 무슨 생각으로 거기 갔던 걸까요? 살날이 얼마 안 남다 보니 새삼스레 지구에서 행복했던 기억이라도 더듬어보고 싶었던 걸까요? 그런 밝은 생각을 하기엔 좀 그런 곳인데.

그리고 아빠의 장례식 마지막 날. 드디어 그 여자가 나타났어요. 내 여자친구의 어머니이자 우리 엄마의 친구. 과연, 밤잠깨나 설친 얼굴이더군요. 마침 엄마가 잠시 자리를 비웠길래 제가,

"엄마 불러올게요."

하니까 그 여자는 고개를 저었어요. 그러곤 저한테 할 말이 있다고 하더군요, 엄마 모르게.

"너희 엄마는 전혀 몰랐지. 너희 아버지도 이혼하고 얼마 안 돼서 알았다는데. 너희 아버지, 날 찾아오시기 전까지 꽤 오랫동안 혼자 끙끙거렸던 모양이더라.

너한테 빚을 지우게 될까 봐 걱정하셨어. 암 치료비는 어마어마할 텐데 그동안 모아 둔 돈도 없고 그렇다고 보험 들어 둔 것도 없다고. 너 곧 대학도 가야 하는데, 공부를 잘해서 지구로 가야 할 텐데, 등록금은 못 줄망정 빚을 지우게 생겼다고. 하긴 너희 엄마도 보험회사 다니면서도 본인 앞으로 보험 든 게 없었거든. 먹고 살기도 빠듯하고, 그 돈으로 애 학원 하나 더 보내지 싶고.

너희 아버지도 마찬가지였던 거지. 근데 이젠 이미 병원에서 암 진단을 받아 버렸으니 보험 가입이 안 되고. 그래서 보험회사 모르게 자기한테 질병사망보험을 들어주면 안 되겠냐고 나한테 부탁하시는 거야. 혹시 본인이 죽게 되면 네 앞으로 보험금이 나올 수 있게.

사정은 딱하지만, 나라고 뭐 별 수 있겠니? 그건 절대 불가능하다고, 내가 해드리고 싶어도 전산 기록이 있어서 가입이 불가능하다고 했지.

그래도 자기는 꼭 사망보험을 들고 싶다고, 어떻게든 안 되겠냐고 꽃까지 사들고 오셔서 통 사정을 하시길래, 그럼 별 소용은 없 겠지만 상해사망보험은 있다고 했지. 질병으로 죽는 거랑은 상관 없지만, 사고로 죽으면 돈이 나오는 상해사망보험은 가입이 가능 하다, 그런데 암으로 돌아가시는 거랑은 아무 상관없으니까 가입 하지 마시라고, 내가 몇 번이나 말렸거든.

그런데도 그거라도 가입시켜 달라고 계속 부탁하시더라. 너나 너희 엄마한테는 절대 비밀로 해달라고 하면서.

난 설마 별일이야 있겠나 싶었어. 그냥 너희 아버지 마음이라도 편하게 해드리려고 했던 건데……. 그런데 정말로 이렇게 돌아가시 다니. 이걸 다행이라고 해야 할지……."

아빠는 달 먼지 때문에 장애물 감지 센서가 맛이 간, 그래서 착 륙할 때 종종 뒤집혔던 모 기업 무인 달착륙선에 치여서 돌아가셨 어요.

그 여자가 돌아간 후, 전 다른 것이 궁금해졌어요.

아빠는 왜 하필 그날 거기에 갔을까요? 아빠한테 전혀 특별한 날도 아닌데. 아무리 시한부라도 3개월은 남았을 텐데. 행복한 기 억은 그쯤 돼서 더듬어 봐도 됐을 텐데. 왜 하필 달과 지구의 거리 가 가장 가까워져 공동묘지에 무인 착륙선들이 내리는 그때였을 까요?

아빠는 정말 몰랐을까요? 모 기업 무인 달착륙선이 장애물 감지 센서가 맛이 갔다는 거. 그래서 착륙할 때 종종 뒤집혔다는 거.

저는 결국엔 아빠의 사고로 보험금을 받았습니다. 게다가 모 기업에서 보상금도 받았어요. 제 앞으로 빚은커녕, 제가 지구의 어떤 대학이든 10년은 돈 걱정 없이 다니고도, 저와 엄마가 지구에 살 만한 작은 아파트 전셋집 하나를 얻을 수도 있는 돈이 들어왔습니다.

아빠를 차마 사고현장에 묻을 수는 없어, 엄마는 아빠를 데리고 지구로 돌아갔습니다. 그런데도 전 지구로 돌아가지 않았어요. 자꾸만, 자꾸만 또 다른 것이 궁금해져서 말이죠.

정말 이 모든 게 다…… 나 때문인 걸까요?

∞

달에 사람이 처음 발을 디딘 게 언젠지 아세요? 오, 그건 아시네. 맞아요. 1969년, 아폴로 11호를 타고 가서 처음으로 달에 발자국을 찍었죠. 혹시 발사 장면 같은 것도 보셨을지 모르겠네요. 높이가 111미터에 무게는 3,000톤 가까운 거대한 로켓이 엄청난 연기를 내뿜고 지지대 같은 것도 막 부수면서 지구 땅을 박차고 올라가는 그런 장면이요.

아시겠지만, 사실 그 거대한 로켓은 아폴로 11호가 아니라, 그걸 태우고 있는 새턴 5호 로켓이었죠. 실질적으로 달에 간 아폴로 11호 자체는 높이가 11미터 정도밖엔 안 돼요.

나머지 로켓 100미터는? 그건 오로지 조그만 아폴로 11호를 달에 보내기 위해 존재해요. 3개의 연료를 사용해서, 지구 중력을 박차고 나가게 해주기도 하고, 그 멀고 먼 달까지 날아갈 수 있는 추진력을 주기도 하는 거죠.

아폴로 11호에 힘을 실어 준 로켓은 연료가 다 떨어져 그 임무를 다하면 하나씩 하나씩 가차 없이 버려집니다. 바다에 떨구기도 하고 우주에 버리고 가기도 하죠. 오직 아폴로 11호가 더 가벼워져서 더 수월하게 목적지로 나아갈 수 있게요.

그땐 그 아폴로 11호가 나 같다는 생각을 했어요. 나는 할아버지와 엄마와 아빠의 인생을 쥐어짜낸 힘으로 추진력을 얻어 나아갔던 거예요.

우리 가족들은 그렇게까지 해서 나를 어디로 보내고 싶어 했던 걸까요? 난 어디로 가야 했던 거죠? 그때 전 그 목적지가 서울대라고 생각했어요.

∞

그러나 그 단 한 번의 조퇴 이후로 제 내신성적은 완전히 망가져 버렸어요. 말 그대로 전교 1등에서 전교 꼴등으로요. 그래도 그

동안 해놓은 게 있어서 '달잡대'는 그럭저럭 가능할 것 같았고, 어쩌면 간신히 '인 지구' 정도는 할 수 있겠지만, 서울대는 어림도 없어 보였어요. 수능에 올인하는 것 외에는 방법이 없어 보였죠.

그래서 전 수험생활을 하며 생길 수 있는 수많은 변수들을 철저히 차단하는 극단적인 방법을 선택했어요. 내 공부를 방해할지도 모르는 친구들의 사랑이며 우정으로부터 철저하게 저 자신을 지켜내고, 저의 모든 즐거움을 서울대 합격 이후로 미루며, 만에 하나 서울대에 떨어지기라도 한다면 단순히 대학 진학을 못하는 정도가 아니라 인생이 망가질 수밖에 없도록 완벽한 배수진을 쳤죠.

고등학교 3학년이 되면서, 저는 학교를 자퇴했어요. 검정고시로 졸업장을 따고 수능을 치를 생각이었죠.

그래서 달의 뒤편으로 갔습니다. 사람이랑 말 한마디 안 섞고 살려면 우주에서 그만 한 데가 없으니까요.

∞

이런 말을 하면 놀라는 분들이 많더라고요. 지구 사람들은 달이 무슨 최첨단 과학기술의 집합체라도 되는 줄 아시는데, 그건 달 앞쪽이나 달 궤도 쪽 얘기죠. 달 뒤편은 거의 석기시대 수준이에요. 달뿐만 아니라 지구로부터의 통신도 거의 안 되죠. 네, 인터넷은 전혀 안 되고요.

지구의 완전 시골 촌구석쯤 된다고 생각하시면 되겠네요. 예전엔 그래서 달 뒤편에 젊은 사람들이 아예 없었지만, 요즘엔 그것 때문에 종종 있어요. 거의 대부분 고시나 공무원 시험을 준비하러 달 앞쪽에서 넘어온 사람들이죠. 그것 때문에 지구에서까지 오는 사람들도 있어요. 달에서 볼 건 지구밖에 없다고들 하는데, 그 지구조차 구경할 수 없는 곳이죠. 지구 사람들이 달 뒤편을 볼 수 없는 것처럼요.

그런 이유로 달 뒤편에 고시생들을 상대로 고시원을 하는 데가 생겼고, 제가 있던 곳도 그런 데였어요. 다른 데도 그렇게까지 고립되어 있는지는 모르겠는데, 달 지하에 있는 고시원을 벗어나 지상으로 가려면 빨리 걸어도 최소한 30분에서 40분은 가야 하는 곳이었어요. 게다가 사람이 사는 마을로 가려면 거기서 15분 정도는 더 가야 했죠. 그렇게까지 해서 갈 만큼 마을이 대단한 것도 아니고요.

처음엔 저도 산책 같은 거라도 하려고 마을로 가끔 올라가고 그랬거든요. 하루는 목이 말라서 물 한 병 사려고 그 마을을 2시간 넘게 돌아다녔는데요. 슈퍼가 어디냐고 물어볼 사람 한 명 없고, 아무리 뒤져도 구멍가게 하나 없더라고요.

시골의 정? 그런 걸 기대할 수 있는 곳이 아니었어요. 물론 언젠가 할머니 할아버지 몇 분을 목격한 적은 있었지만, 제가 인사해도 들은 척도 안하시고, 전반적으로 표정도 어두우셨어요.

그래서 그 물 사건 이후로는 마을로 나가지도 않았어요. 마을은 커녕 지상으로 통하는 게이트 근처에도 안 갔죠. 그냥 고시원 내 방에만 틀어박혀 있었어요.

제가 죽으러 나가기 전까진요.

∞

3,000톤 로켓마냥 거창했던 제 다짐은 그해 초에 있던 검정고 시를 보기도 전에 흔적도 없이 다 타 버리고 말았어요.

계획을 세우는 데 하루를 다 쓰고, 실천하는 데는 하루도 다 안 쓰고 포기하는 날들이 반복되면서 저는 점점 저 자신에게 실 망했어요. 목표는 서울대 입학인데, 현실은 고등학교 졸업도 다 틀 린 일 같았어요. 나름 전교 1등 출신인데. 내가 갑자기 왜 이럴까. 실망을 넘어서 자기 혐오 수준까지 치달았죠.

지금 생각해 보면, 제가 갑자기 큰 고장이 난 게 아니라, 일상적 인 작은 상처들이 쌓이고 쌓여서 어느 날 갑자기 크게 망가진 것 처럼 보인 게 아닐까 싶어요. 집안의 파산, 할아버지의 죽음, 부모 님의 이혼, 첫사랑과의 이별, 아빠의 죽음, 학교를 자퇴했고, 친구 들과 떨어지고……

생각해 보면 저한텐 언제 울어도 좋을 정도로 심한 일들이 있 었잖아요? 아마 학교 성적이 멀쩡해서 스스로도 괜찮은 줄 알았던 거예요.

어쨌든 제가 뒷동네로 오기 전에 쳐둔 배수진에 저 자신이 걸려든 거죠. 급기야 한 달 넘게 교과서 한 줄 볼 수 없을 정도로 무기력해져 버린 저는 그냥 죽기로 했답니다.

저는 실로 오랜만에 고시원 내 방문을 열고 나왔어요. 우주복을 입고서였죠. 꼴에 이왕 죽는 거 별을 보면서 죽고 싶었나 봐요. 달 뒤쪽에서 굉장한 거라곤 별밖에는 없었으니까요.

그래서 우주복을 입고 일산화탄소통을 질질 끌고 지상으로 향했겠죠. 물론 실외로 나가 별 좀 보다가 우주복 머리 뚜껑을 벗으면 신속하게 달나라를 뜰 수 있겠지만, 마지막 모습이 아름답진 않아도 중간은 갔으면 했거든요.

우주복에 달린 산소통을 떼고 일산화탄소통을 달아 버릴 생각이었어요. 그럼 밀폐된 우주복 안에 산소 대신 일산화탄소가 가득 차게 되겠죠. 그게 그맘때쯤 달에서 유행하는 자살 방법이었어요. 지구에선 밀폐된 차 안에 번개탄을 피워 일산화탄소를 채우는 게 유행했다던데, 모양은 달라도 원리는 같은 방법이죠.

죽으러 가는 길엔 사실 눈물 대신 땀이 솟구쳤어요. 그냥 걸어도 3, 40분은 걸리는 거리를 그 무거운 우주복을 입고 일산화산소통까지 들고 갔으니. 게다가 별로 좋은 우주복도 아니어서 우주복 내부에 냉방장치도 없었거든요.

드디어 지상으로 통하는 게이트 앞에 다다랐을 때, 마침 그 게이트를 열고 들어오는 청년과 마주쳤어요. 전 지하에서 다른 사람이랑 마주칠 줄은 생각도 못했죠. 그 청년은 실외로 나갔던 건 아니었는지 추리닝에 슬리퍼를 질질 끌고 들어오고 있었죠. 머리도 떡 지고 수염도 삐죽삐죽 나 있고, 전형적인 날백수였어요.

암만 날백수어도 어른이니까, 전 큰일 났다고 생각했죠. 우주복에 일산화산소통. 누가 봐도 자살하러 가는 거잖아요.

경찰에 신고하면 어쩌지? 고시원 주인 아줌마한테 일러바치는 쓸데없는 짓 같은 거 하면 어쩌지? 그래서 지구에 있는 엄마한테 연락 가면 어쩌지?

전 이런 생각 같은 거 하면서 식은땀만 삐질삐질 흘리고 있고, 그 날백수는 무슨 생각을 하고 있는지도 모르게 그런 저를 빤히 보고만 있었어요.

그러더니 말도 없이 제 우주복에서 산소통을 떼고 일산화탄소통을 달아 주는 거예요. 아니 그건 제가 하려고 한 건데!

그러더니 제 어깨를 툭툭 치고 그냥 가요. 고마워할 거 없어, 이런 표정으로 쓱 웃으면서. 또 말 한 마디 없이.

저는 벙찐 상태로 게이트로 가다가, 갑자기 화가 나는 거예요.

아니, 지가 뭔데 날 죽으라고 해? 죽으려고 환장한 애를 봤으면 왜 그러냐, 그러지 마라, 죽을 힘으로 살아라, 하다 못해 이게 무슨 짓이냐 할 법도 한데, 되레 죽으라고 일산화탄소를 멕이다뇨!

그래서 전 당장 우주복을 벗어던져 버렸어요. 너무 화가 나서 그 날백수를 쫓아가서는, "아저씨, 미쳤어요? 일산화탄소가 얼마나 위험한 줄 알아요? 아저씨 때문에 나 죽을 뻔한 거 아냐고요!" 하면서 막 따진 거죠.

그러니까 그 날백수가 펄쩍 뛰면서 자기는 정말 몰랐대요. 자기는 문과라서 그런 거 잘 몰랐다고. 미안하다고. 그런데 일산화탄소가 도대체 뭐냐고.

그 날백수가 바로 이 학원에서 영어 강사로 일하고 있는 김태영 선생님이에요.

∞

태영이 형은 제가 달 뒤편에 오고 나서 몇 달 만에 처음으로 얼굴 맞대고 대화한 사람이었어요. 아, 고시원 주인 아줌마가 있었네요. 그런데 처음 고시원에 와서 방값 치를 때 말고는 말 섞을 일이 없었죠. 그리고 그건 대화가 아니라 통보죠. 여긴 얼마다, 일시불이고, 현금만 받는다.

고시원 식당에도 태영이 형 또래 사람들이 있긴 있었는데, 다들 자기 밥그릇만 보고 자기 밥만 먹지 그 사람들끼리도 서로 대화를 한다거나 그런 건 전혀 없었어요. 다들 달 뒤편이랑 똑같은 회색 얼굴에 표정도 없고.

태영이 형은 임용고시를 준비하고 있었어요. 이번이 마지막이라는 각오로 지구에서부터 일부러 여기까지 왔다고. 각오도 남달랐고, 첫인상이 좀 날백수 같아서 그랬지 잘 보면 생김도 멀쩡하고. 주인 아줌마네 꼬맹이 숙제 도와주는 거 보면 제법 선생 티도 났고요.

형은 그런 자기가 왜 그렇게 선생 시험에 주구장창 떨어시는 건지 잘 모르겠다는데, 저는 금방 알겠더라고요. 시험공부를 안 하니까요. 그리고 사람을 너무 좋아했어요. 사실은 형도 그걸 알고 달 뒤편까지 온 거겠지만.

여기까지 온 보람도 없이, 태영이 형은 선생 주제에 하라는 공부는 안 하고 쑤실 데도 없는 동네를 온통 쑤시고 돌아다녔어요. 저는 살다 살다 그런 사람은 처음 봤는데요. 정말 사람들이랑 어울리는 재주 하나는 타고났고 천재적이라고밖엔 설명할 길이 없는 그런 사람이었죠.

제가 아까 말씀드렸던 지상에 그 조용하고 삭막한 마을 있죠? 태영이 형이 쓸고 가고 나서 그 마을이 세상 정신 사나워졌어요.

저는 물 한 병 사려고 몇 시간을 돌아다녔는데, 태영이 형은 그 마을 노인정에 떡하니 앉아서 그 귀한 술을 다 얻어먹고 있더라니까요. 그 동네 할아버지 할머니들이 죄다 거기 모여서 형 술 마시는 거 구경하고 있고.

나중엔 얼굴이 흙 색깔이던 고시생들이 식당에 둘러앉아 화기애애하게 밥을 해먹는 것도 모자라, 밥때만 되면 마을 사람들도 몇 명 내려와 있고 그랬어요. 여기 학생들 밥이 그렇게 맛있다고.

형이 제 공부를 가르쳤냐고요? 지금까지 뭘 들었던 거예요?

아니, 오히려 제가 형을 거뒀죠. 그 형이 좀 모자라 보이긴 하는데, 아니에요. 그 형은 정말로 많이 모자란 사람이에요.

제가 제 방에만 가만히 누워 있고 싶어도, 그 형이 또 자기 방에 제대로 붙어서 공부는 하는지 어쩌는지 감시하러 가야 했다니까요. 올해도 임용 떨어지면 그 형은 정말 답도 없는 상황이었어요. 제가 오늘만 살고 죽자 싶어도, 올해 이 형이 임용고시 붙는 건 보고 죽어야지 싶었다니까요.

몸 무거운데 일어나서 가면 역시 형은 방에 없고. 그럼 또 다른 방 사람들한테 일일이 찾아가서 묻고. 그럼 형이 또 고시원에 없다고 하고.

내 이 형 또 이럴 줄 알았다. 마을 할머니들이 주는 술을 좋다고 받아먹고 노인정에 뻗어 있을 거야. 동네 꼬맹이들한테 영어 가르쳐 준답시고 과자 뺏어먹고 그러고 있겠지. 괜히 혼자 사는 할아버지네 산소통 고치러 갔다가 그 집에 눌러 앉아 있는 거면 데리고 나와야지.

이러면서 제가 그 먼 지상까지 씩씩거리고 올라가고, 그 형 찾아서 온 동네를 돌았어요.

　그래도 그 형이 사람도 좋고, 시험 문제 말고는 모르는 게 없는 사람이니까 여기저기서 찾는 데가 많았던 거죠. 세상에 달 뒤편에서 인터넷이 되는 데는 우리 고시원밖엔 없을 거예요. 식당에 달랑 한 줄 있는 전화선을 끌어다가 무슨 조화를 부린 건지. 덕분에 유선전화를 쓰려면 마을 노인정까지 올라가야 했지만 아무래도 사람들은 인터넷이 더 좋다고 하죠. 아니 근데 그 형은 그걸 굳이 내 방 내 컴퓨터에다 달아 놓을 건 또 뭐래요. 한동안 사람들이 환장을 하고 제 방에 들락거려서 살 수가 없었어요, 제가.

　그렇게 저는 형 뒤치다꺼리하고 남은 시간을 쪼개서 공부할 수밖에 없었어요. 그래도 용케 검정고시를 붙었죠. 그리고 그걸 붙고 나니까, 슬슬 제가 제 궤도를 찾아가더라고요. 그 뒤론 한창 공부할 때의 저 같았어요. 그때부턴 형도 드디어 공부를 시작해서, 둘이 한 방에 붙어 앉아 머리를 싸매고 공부하곤 했어요.

∞

　일 년이 하루 같다는 말은 지구에서는 그저 비유에 불과하지만, 달에서는 그 말 그대로예요. 지구처럼 자전이 하루가 되고 공전이 1년이 된다면, 달은 자전하는 시간과 공전하는 시간이 같으니까요.

물론 달 사람들도 지구 시간에 맞춰 살아서 달에서도 그 말은 그저 비유일 뿐이지만, 어쨌든 그렇게 시험 날짜는 다가왔죠. 태영이 형이 먼저였어요.

달 뒤편에는 고사장이 없으니 달 앞쪽으로 넘어가야 했어요. 형이 고시원을 떠나기 하루 전엔 온 동네 사람들이 벌인 거한 환송식이 있었지만, 정작 떠나는 당일에 형을 바래다준 건 저 혼자뿐이었어요. 마을 사람들이며 고시생들 모두 숙취로 뻗어 있었거든요.

지상으로 통하는 게이트 앞에 둘이 말없이 서 있으려니까, 저는 형이랑 처음 만났던 때가 생각이 나겠죠.

왜, 제가 우주복 입고 일산화탄소통 갖고 죽으려고 했던 때 있잖아요. 그런데 아무리 생각해도 이상한 거죠. 아무리 그래도 지구에서 대학까지 나온 사람인데. 아무리 문과라지만 석기시대 같은 달 뒤편에 인터넷을 가능하게 한 사람인데. 시험 문제 말고는 모르는 게 없는 사람인데. 사람이 일산화탄소를 마시면 어떻게 되는지도 모르고 있었다는 게요.

"형, 그때 일산화탄소가 뭔지 알고 있었죠?"

그러니까 형은 또 말 한마디 없이, 제 어깨를 툭툭 치고 그냥 가는 거죠. 고마워할 거 없어, 이런 표정으로 쓱 웃으면서.

그렇게 멋있게 게이트를 나섰던 형은 임용고시에서 또다시 떨어지고 말았어요. 그래도 계속 백수로 뭉갤 수는 없었는지 지구에서 이 학원에 취직을 했더라고요. 그 얘길 듣고 제가 또 나서야지 어쩌겠어요.

그냥 제가 아까 했던 태영이 형 얘긴 다 들어내고, 제가 김태영 선생님 강의를 들어서 서울대에 갔다. 이렇게 좀 해주세요. 김태영 선생님 강의가 정말 훌륭하다, 우주에서 제일 좋은 강의다 뭐 그런 느낌으로 잘 좀 써 주세요. 안 그럼 저 이 인터뷰 안 합니다. 아니, 학원 장학금이고 뭐고 그렇게 안 써 주면 난 안 해요, 글쎄!

네, 그럼 그렇게 알고 계속할게요.

태영이 형. 형이 어디서 뭘 하든, 형은 좋은 선생님이란 거 잊지 말아요.

∞

형이 고시원을 떠나고 나서는 저 혼자 남아 공부했죠. 혼자 공부해서 그런가, 당연하게도 형이랑 공부할 때완 또 달랐어요. 이상하게도, 그 이전의 저와도 좀 달랐던 것 같아요.

저 역시 수능은 달 앞쪽으로 넘어가서 봐야 했기 때문에 그 전에 고시원을 떠났어요. 고시원을 떠나기 전날, 마을로 올라가서 노인정에 있는 전화로 엄마한테 전화를 했고요.

그때 엄마랑 미리 통화를 해서, 수능 잘 보겠다, 인사를 했죠. 달에 오겠다는 엄마를 뜯어말리기도 했고요. 수능 하루 전이나 직전에는 통화 안 했어요. 혹시 제가 엉엉 울기라도 하면 어쩌나 싶어서요. 창피해서가 아니라, 눈이 부어서 수능 보는 데 조금이라도 지장이 있을까 봐. 다행인 건지 제가 싸가지가 없는 건지, 달 뒤편에서 엄마랑 통화할 때도 눈물은 안 나더라고요.

수능 보는 날은 원래 좀 춥다고들 하지만, 영하 180도는 좀 심했던 게 아닌가 싶네요. 암만 달 사람들이 지구 시간에 맞춰 산다고 해도, 수능 날이 이쪽 밤이었던 건 정말 너무했다 싶었어요. 달은 낮과 밤이 며칠씩 되거든요. 그것 때문에 좀 화가 나 있던 걸 빼면 수능은 괜찮았습니다, 아시다시피.

결과는 고시원에서 받았어요. 달 뒤편에서 유일하게 인터넷이 되는 내 방 내 컴퓨터로요. 역시 전 그냥 싸가지가 없는 건가 봐요. 서울대에서 저한테, 합격했다 축하한다 얘기하고 있는데도 눈물이 안 나더라고요.

그래도 그동안 긴장하고 있던 게 풀린 건 확실했는지. 내일 날 밝는 대로, 물론 지구 기준이지만, 노인정 가야지. 이 생각을 하다가 저도 모르게 잠이 들었어요.

그리고 그날 꿈을 꿨어요. 누군가 고시원 제 방문을 두드리는 거예요. 그래서 열었는데, 밖이 환해요. 그리고 그런 환한 사이로 우리 가족들이 서 있는 거예요. 할아버지, 엄마, 아빠 이렇게요. 다들 정말 건강해 보였어요. 할아버지도 임종 즈음 모습이 아니라 저 어렸을 때, 할아버지 젊었을 때 그 모습이었고요. 엄마 아빠도 달에 오기 전에 그 좋았던 얼굴이었어요. 다들 얼굴이 환했어요. 다들 환하게 웃고 계셨죠. 마치 다 알고 오신 것처럼.

그런데도 전 얘기했어요.

"할아버지, 엄마, 아빠……. 나, 서울대 합격했어."

할아버지는 연신 제 손발을 붙들고 주무르셨어요. 제 손발이 차지도 않은데. 아이고 내 새끼 참말로 기특하다. 억수로 고생했다, 축하한다, 하시면서.

엄마는 원래 그런 사람이 아닌데, 저한테 웃으면서 잘했다 수고했다 한참을 그러셨어요. 그러고는 또 바로 지구에 있는 이모한테 전화하시고.

아빠, 우리 아빠는, 아빠 특유의 그 웃음을 짓고 계셨어요.

"히히."

윗니 아랫니가 다 드러나는 아빠의 그 환한 미소.

"아빠 안녕."

제가 그러니까, 아빠는 이제 아예 윗니 아랫니도 모자라 어금니까지 다 보일 것처럼 "히히."

히히.

히히.

히히.

꿈에서 깬 다음에야, 저는 울었어요. 엉엉 울었어요. 지나가던 주인 아줌마가 그 소릴 듣고 깜짝 놀라서 방문을 따고 들어왔는데도 전 울음을 멈출 수가 없었어요. 아줌마가 왜 그러냐고, 무슨 일이냐고, 한참을 캐물으니까, 전 막 울면서 대답했어요.

"아빠가, 앞니가 없어요."

아빠 앞니가 없어요. 아빠가 '히히' 하고 웃는데, 앞니 하나가 없어요. 아빠가 앞니가 없어요. 우리 아빠가 앞니가 없어요……

∞

지금요? 아, 지금 저는 지구로 가는 우주선을 기다리고 있어요. 드디어 지구로 돌아갑니다. 제가 사랑하는 모든 게 거기에 있으니까요. 물론, 이제 서울대도 다녀야 하고요.

그러면 이제 된 건가요? 아, 네 알겠습니다. 네, 저야말로 감사합니다.

그럼, 지구에서 뵐게요.

이상한 차원의 안리수

박애진

박애진

판타지, 과학소설 등 여러 장르의 공동 단편선에 작품을 발표했고, 십대에서 이십대 초반,
소녀와 여성 사이의 경계에 있는 예민한 시기를 다룬 단편을 모은 《원초적 본능 feat. 미소
년》을, 소외된 혹은 차라리 소외를 선택한 이들의 이야기를 담은 작품집 《각인》을 출간했
다. 고전 소설을 모티브로 한 《지우전 : 모두 나를 칼이라 했다》, 신비로운 부엉이가 키운
소녀의 모험담 《부엉이 소녀 욜란드》 등의 장편을 펴냈고, 청소년 소설 《첫사랑 위원회》에
단편 〈우리 반에 늑대인간이 있다〉를 수록했다.

리수는 5시 반에 학원을 나왔다. 30분 동안 저녁을 먹고 돌아가 6시에 시작하는 문법 수업을 들어야 했다. 학원 옆 편의점은 벌써 다른 애들이 차지하고 있었다. 리수는 김밥천국에 가기로 했다. 학원에서 멀어지지만 야채김밥은 보통 미리 말아 놓으니 시간 안에 먹고 돌아갈 수 있었다. 문득 편의점 삼각김밥은 1,000원인데 김밥천국 김밥은 2,500원이라는 데 생각이 미쳤다. 갑자기 1,500원이 아깝게 느껴졌다. 김밥천국에서 15미터 정도만 더 가면 만두가게가 나왔다. 왕만두 하나에 1,000원이다. 리수는 만두가게까지 걸었다. 찜통에서 김이 모락모락 나왔다. 수중에는 3,400원이 있었다. 만두를 하나 먹으면 2,400원이 남는다. 2,400원은 애매한 돈이었다. 100원만 더 있었으면 좋았을 텐데…….

어차피 만두는 뜨거워 빨리 먹기 힘들 것이다. 안 그래도 두툼

한 목도리 때문에 덥고 답답했다. 시계를 보니 어느새 5시 47분이었다. 지금 돌아가야 여유 있게 교실에 앉을 수 있었다. 가는 길에 삼각김밥을 사서 선생님이 오기 전에 빨리 먹으면 어떨까? 앞에 큰 편의점이 하나 보였다. 저기는 더 다양한 메뉴가 있을지도 몰랐다. 리수는 편의점 앞에 섰다. 컵라면, 과자, 맥주 따위를 묶음으로 사면 할인해 준다는 광고가 붙어 있었다.

어차피 편의점 음식, 거기서 거기 아닐까.

리수는 선뜻 들어가지 않고 망설였다. 그동안 1분이 더 흘렀다. 빨리 결정해야 했다. 리수는 편의점 문을 밀었다. 샌드위치, 햄버거, 삼각김밥, 김밥, 각종 도시락이 진열대에 놓여 있었다. 도시락은 잠깐 보다 말았다. 싸도 2,000원이 넘었고 도시락을 데워 먹을 시간도 없었다. 그냥 커피우유와 빵을 하나 살까? 빵은 걸어가면서 먹을 수 있다. 리수는 크림빵, 단팥빵, 소보로빵, 롤케이크 따위가 놓인 진열대 앞을 서성였다. 빵은 대부분 1,000원이었다. 커피우유는 850원이다. 빵만 사고, 학원 정수기에서 물을 마실까? 편의점 안은 따뜻하다 못해 더웠다. 갑자기 아이스크림이 먹고 싶어졌다. 아이스크림 냉장고는 밖에 있었다. 리수는 편의점을 나왔다. 하드, 콘, 통 아이스크림 따위가 차곡차곡 쌓여 있었다. 편의점 아이스크림은 보통 마트보다 비쌌다. 가까이에 마트가 있던가?

53분이었다. 늦지 않으려면 뛰어야 했다. 리수는 편의점에 다시 들어갈지 말지 고민했다. 아무것도 안 사고 나온지라 다시 들어가기가 뭣했다. 이번에 들어가면 뭐든 사야 했다. 그런데 뭘 사지? 다이어트도 할 겸 저녁은 굶을까? 900원으로 살 수 있는 게 있으려나?

"어?"

리수는 진열대에 비친 희고 푸른 그림자를 보고 눈을 깜빡였다. 설마 하고 돌아보니 진짜 하얀 토끼 한 마리가 횡단보도 앞에 서 있었다.

"웬 토끼?"

리수는 사방을 둘러보았다. 거리에는 자기뿐이었고 한적한 도로에는 차 한 대 지나가지 않았다. 리수는 안경을 벗고 눈을 비볐다. 코받침판이 덜렁거려 다시 쓸 때 잘 놓아야 했다. 토끼는 여전히 제자리에 있었다. 파란색 재킷을 입고 영화에서나 본 회중시계를 들고 말이다.

"시간이 없어. 늦었다고."

토끼가 빨간 신호등을 보며 발을 굴렀다.

"지금 토끼가 말한 거야? 로봇인가?"

리수는 살금살금 토끼에게 다가갔다. 토끼가 회중시계를 보며 외쳤다.

"이제 겨우 979일밖에 안 남았어!"

시계에는 시간이 아니라 한참 먼 늦가을 날짜와 그 날짜까지 남은 날이 표시돼 있었다.

"날짜가 나오면 시계가 아니라 달력 아니야?"

리수가 중얼거렸다.

신호등이 파란 불로 바뀌었다. 토끼는 두 발로 겅중겅중 뛰어 횡단보도를 건넜다. 뛸 때마다 토실토실한 엉덩이에 달린 꼬리가 좌우로 흔들렸다. 리수는 신기한 마음에 토끼를 쫓아갔다. 토끼는 리수가 쫓아오는 줄 아는지 모르는지 뛰기 바빴다.

아트막한 오르막길이 나타났다. 토끼는 오르막길에 들어서자 갑자기 속도가 붙었다. 리수는 어디선가 토끼는 앞발이 짧고 뒷발이 길어 오르막길을 잘 뛰고 내리막길을 잘 못 뛴다는 말을 들은 기억이 났다.

토끼를 놓쳤지만 리수는 걱정하지 않았다. 3년간 아침저녁으로 다녀 익숙한 길이었다. 리수는 잠시 멈춰 숨을 고르고 다시 달렸다. 리수가 다니던 중학교 정문이 나타났다. 오른쪽 담벼락에서 토끼 꼬리가 슥 사라졌다. 울타리에 있는 개구멍으로 학교에 들어간 게 틀림없었다. 리수도 기어서 개구멍을 지났다.

"어디까지 가는 거지?"

리수는 자기가 왜 토끼를 쫓아가는지도 모르는 채 달렸다. 토끼는 교무실과 교실이 있는 본관으로 들어갔다.

"다시는 올 일 없을 줄 알았는데⋯⋯."

리수도 따라 들어가며 중얼거렸다. 토끼는 옥상으로 가는 계단을 올랐다. 리수도 놓칠세라 발을 놀렸다. 다리가 떨리고 입에서

단내가 났다.

리수가 1학년 때는 옥상에 매점이 있었다. 여름방학에 사고가 난 뒤 옥상이 폐쇄되고 매점은 체육관 건물에 새로 생겼다. 리수는 토끼가 문을 따느라 낑낑대는 동안 따라잡았다.

"서둘러야 해! 979일이야!"

토끼는 옥상으로 사라졌다. 리수도 들어가 허리를 굽히고 숨을 몰아쉬었다. 매운바람이 몰아쳤다. 두꺼운 자물쇠로 문을 걸어 잠근 것이 무색하게 곳곳에 피운 지 얼마 되지 않은 담배꽁초가 떨어져 있었다.

어느덧 해가 져서 사방이 캄캄했다. 리수는 토끼를 찾았다. 토끼는 난간에 올라서 있었다.

"위험해!"

리수는 토끼에게 다가갔다.

"이리 와."

리수가 토끼를 달랬다. 토끼는 마지막처럼 회중시계를 보았다.

"이러다 진짜 늦을 거야."

토끼가 뛰어내렸다. 리수는 토끼를 잡으려고 허리를 굽혔다. 주머니에 있던 휴대전화가 빠져나오더니 리수도 그만 아래로 떨어졌다.

베이지색 벽, 적갈색 벽돌, 검은 유리창틀, 하늘색 창문, 다시 베이지색 벽, 검은 창틀에 끼인 하늘색 창문이 반복되었다. 리수는 눈을 질끈 감았다.

한참 지난 것 같은데 바닥에 닿지 않았다. 리수는 눈을 떴다. 검은 하수구가 코앞에 나타났다. 지름은 두 뼘 정도였고, 뚜껑에는 송충이가 새겨져 있었다. 리수는 뚜껑에 머리를 부딪치는 상상을 했다. 끔찍했다.

"안돼!"

머리가 닿는 순간 뚜껑이 자동문처럼 돌아갔다. 리수는 삽시간에 구멍을 통과했다. 그러고도 계속 떨어졌다. 구멍은 리수가 양팔을 벌려도 닿지 않을 만큼 넓고 끝도 없이 깊었다.

"바깥보다 안이 크잖아!"

리수가 외쳤다.

"내 휴대폰!"

리수는 아까 휴대전화가 떨어지던 걸 기억해 냈다. 액정에 금이 가긴 했어도 아직 쓸 만했다. 휴대전화는 조금 아래에서 떨어지고 있었다. 리수는 손을 뻗었지만 아무리 해도 잡히지 않았다.

"큰일 났네, 어떡하지?"

리수는 뭔가 붙잡을 게 없는지 사방을 살폈다. 아이들의 웃음소리가 들렸다. 리수는 구멍을 둘러보았다. 낯설면서 낯익은 아이들이 의자에 앉아 책장을 넘기고, 뛰어다니고, 체육복으로 갈아입고, 매점에서 과자 따위를 사 먹었다. 그중 리수가 끝 모를 바닥으로 떨어지고 있음을 아는 아이들은 없었다. 모두 교실에서, 음악실에서, 강당에서, 체육관에서 공부하고, 리코더를 불고, 공을 던지느라 바빴다. 리수는 몸을 웅크렸다.

"예전 같으면 울었을지도 몰라."

리수는 울지 않는 자기 자신이 뿌듯했다. 벽에 나타났다 사라지는 아이들의 모습, 풍경들도 남 일처럼 볼 수 있었다. 이따금 자기 모습도 나타났다. 주말에 부모님, 언니와 스파게티를 먹었다. 텔레비전을 봤다. 사이사이 웬 여자가 나타났다. 대학생 정도로 보이기도 했고, 중년이거나 할머니이기도 했다.

"내가 아는 사람인가?"

리수는 그만 지쳐 꾸벅꾸벅 졸다가 친구들과 피자를 먹으러 가는 꿈을 꿨다. 접시를 들고 샐러드 바에 가서 친구들이 좋아하는 걸로 골라 담아 왔다. 샐러드 접시를 식탁 위에 올려놓고 자리에 앉는 순간 의자 다리가 부러졌다. 리수는 아래로 떨어졌다. 놀랐던 것도 잠시, 아무리 떨어져도 바닥이 나오지 않아 지루해져 잠이 들었다. 꿈에서 각양각색의 초콜릿을 파는 가게에 갔다. 주인은 리수에게 마음껏 초콜릿을 고르라고 말했다. 리수는 기쁘게 초콜릿을 골라 껍질을 깠다. 씹다 뱉은 껌이 들어 있었다. 내던지고 도망쳤다. 초콜릿이 쌓인 선반은 끝이 없었다. 리수는 선반들 사이에서 길을 잃었다. 비상구가 보였다. 문을 열고 뛰쳐나갔다. 허공이었다. 리수는 다시 아래로 떨어지다 바닥에 도착했다. 온통 낙엽이 쌓여 푹신푹신한 곳이라 팔꿈치가 긁히고 무릎이 까졌을 뿐 멀쩡했다.

"꿈을 도대체 몇 개를 꾸 거지?"

리수는 습관처럼 주머니를 뒤지다 휴대전화가 자기와 같이 떨어졌음을 기억해 냈다.

"내 휴대폰!"

리수는 낙엽들을 헤집었다. 휴대전화는 산산이 박살 나 있었다.

"학원에서 엄마한테 전화했을 텐데……. 엄마는 나한테 전화할 거고. 그런데 전화를 받을 수가 없네. 애들 카톡 확인도 못하잖아."

리수는 차라리 잘되었다고 생각했다.

"여기는 어디지?"

리수는 주위를 둘러보았다. 사방이 막혀 있었다. 심지어 떨어진 구멍조차 보이지 않았다. 리수는 초조하게 벽을 두드리고 소리쳐 사람을 불렀지만 벽은 벽일 뿐이고, 아무도 대답하지 않았다. 조금 전까지만 해도 울지 않는 스스로가 뿌듯했는데, 이제 거짓말처럼 눈물이 터졌다. 리수는 울면서 다시 한 번 사방을 꼼꼼히 살폈다. 어딘가 나갈 곳이 있으리라. 있어야 했다.

어두운 구석에 무릎 높이의 문이 하나 보였다. 어린아이도 못나갈 크기였다.

"아주아주 작아지면 좋겠어."

리수는 문을 어루만졌다. 그나마 잠겨 있었다. 전자자물쇠도 아닌 열쇠로 열어야 하는 문이었다. 전자자물쇠라면 숫자를 찍어 보기라도 하련만……

리수는 다른 구석에서 유리 탁자를 발견했다.

"아까도 저런 게 있었나?"

리수는 갑자기 나타난 탁자로 다가갔다. 탁자 위에는 열쇠와 생수병이 놓여 있었다. 리수는 열쇠를 문에 대고 돌렸다. 문이 열렸다. 리수는 엎드려 문에 얼굴을 가져다 대었다. 음침하고 축축한 안과 달리 바깥은 화사한 봄이었다. 색색의 꽃들이 피었으며 나비가 날아다녔다. 사실 비바람이 몰아치는 곳이라도 상관없었다. 여기만 아니면 어디든 좋았다. 그런데 어떻게 나간다?

리수는 생수병을 살폈다. 생수병에는 '나를 마셔요'라고 적혀 있었다.

"독약일지도 몰라."

리수는 망설이지 않고 뚜껑을 돌려 물을 마셨다. 독약은 아니었다. 아쉬워할 새도 없이 몸이 급속도로 작아지기 시작했다. 이제 문을 통해 밖으로 나갈 수 있었다. 리수는 문으로 달려갔다. 문은 도로 잠겨 있었고 열쇠는 탁자 위에 있었다. 작아진 리수는 아무리 뛰어도 열쇠에 닿을 수 없었다. 리수는 투명한 유리 아래에서 원망스레 열쇠를 올려다보았다.

"보이지 않았다면 희망도 갖지 않았을 텐데……"

리수는 나직하게 한숨을 쉬었다. 다행히 눈물은 나오지 않았다.

"새치기하지 마!"

"왜 자꾸 밀어?"

"난 며칠째 줄을 서는 중이야."

"고작 며칠? 난 몇 달이거든?"

"어디서 주름을 잡아? 난 벌써 3년째야."

"다들 웃기고 있군. 이 몸은 17대째란다."

리수는 소리가 나는 곳으로 시선을 돌렸다. 작아진 리수의 손톱만 한 문이 있었고, 그 앞에 개미, 불개미, 지렁이, 공벌레, 초파리, 쥐며느리 수백 아니 수천 마리가 새까맣게 줄을 지어 있었다. 한 번에 한 마리씩만 통과할 수 있는 작은 문에 벌레 수천 마리가 모이자 병목 현상이 일어났다. 질서 있게 발맞추어 들어가도 뒤에 있는 벌레는 수명이 다할 때까지 들어갈 수 있을 것 같지 않았다. 벌레들은 초조해져 앞에 선 벌레를 잡고, 밀치고, 먼저 들어가려 아우성을 쳤다. 그때 벼룩 한 마리가 나타났다. 벼룩은 폴짝폴짝 뛰어 삽시간에 문 앞에 도착해 안으로 쑥 들어갔다.

"너무해!"

17대째 문 안으로 들어가려 줄을 서고 있던 초파리가 항의했다.

"너도 벼룩으로 태어나지 그랬어?"

다른 벼룩이 역시 벌레들을 뛰어넘어 안으로 들어가며 비웃었다. 초파리가 날아오르자 벌레들이 반칙을 한다며 달려들어 날개를 뜯었다.

"좋은 생각이 났어!"

리수가 외쳤다.

"저 탁자 위에 열쇠가 있어. 너희는 탁자를 기어오를 수 있잖아? 열쇠를 가져와. 그럼 내가 문을 열어 줄게. 저 문은 너희가 한꺼번에 다 나갈 만큼 넓어!"

리수는 잠긴 문을 가리켰다.

"거긴 잠겼어."

"그쪽에는 아무것도 없어."

"한 번도 그 문으로 들어가는 벌레는 본 적이 없는 걸."

벌레들은 리수의 말을 들은 척도 하지 않았다. 리수는 누구든 설득해 보려고 뒷줄로 갔지만 마찬가지였다. 걷다 보니 강이 나왔다. 리수는 손가락으로 찍어 강물을 맛봤다. 짰다. 강이 아니라 바다인 모양이었다. 바다 위에는 부표 같은 게 떠 있었다. 자세히 보니 크림빵이었다.

"배고파. 근데 저걸 먹으러 가다가 죽을지도 몰라. 바다에서는 튜브 없이 헤엄쳐 본 적이 없으니까."

리수는 바다로 들어갔다. 바다치고는 파도가 없었다.

"이건 내가 아까 흘린 눈물이야! 자기 눈물에 빠져 죽는다면 해외 토픽에 실릴 거야."

리수는 무사히 빵 앞에 도착해 한 입 베어 먹었다. 그러자 몸이 다시 자라기 시작했다. 리수는 빵을 주머니에 챙기며 스스로가 제

법 똑똑하다고 생각했다. 안심할 새도 없이 이번에는 천장에 닿을 정도로 커졌다.

"왜 이렇게 커지지? 이러면 너무 눈에 띄잖아!"

리수는 탁자가 너무 멀어지기 전에 서둘러 열쇠와 물병을 집어 물을 마셨다. 몸이 다시 작아지기 시작했다. 리수는 물병 뚜껑을 열고 바닥에 놓았다. 다시 작아진 리수는 빵은 휴지로 싸고, 자동차처럼 커진 물병에서 흐르는 물을 빵 봉지에 담아 단단히 묶었다. 문을 나서며 벌레들이 언제든 들어올 수 있도록 문틈에 돌을 괴었다.

리수는 기쁜 마음으로 정원에 들어갔다. 색색의 튤립들이 피어 있었다.

"우리 중학교 운동장에도 튤립이 참 많았는데……."

"튤립을 좋아해?"

"깜짝이야."

리수는 누가 자기에게 말을 걸었나 해서 사방을 살폈다. 나무처럼 크고 둥근 갈색 버섯 위에 노란색 송충이가 하얀 폭죽을 쥐고 앉아 있었다.

"난 그냥 질문을 했을 뿐이야. 그렇게 놀랄 일은 아니잖아?"

송충이가 말했다.

"응, 네 말이 맞아."

리수는 순순히 인정했다.

"놀랐다고 했잖아."

"아주 조금 놀랐을 뿐이야."

"왜 놀랐는데? 난 가만히 앉아 있었잖아. 누가 보면 내가 널 어쩐 줄 알겠어."

"어…… 네가 갑자기 앞에 나타나서…….."

"내 앞에 네가 나타났겠지."

"응, 네 말이 맞아. 미안해."

송충이는 더 이상 대꾸할 가치가 없다는 듯 새 폭죽에 불을 붙였다. 리수가 그만 가려는데 송충이가 다시 말을 걸었다.

"넌 누구니?"

"난 안리수야."

"안리수는 누구야?"

"나, 내가 안리수야. 나는 중학생이었어. 지금은 아니고, 졸업했거든. 내일이면 고등학생이 될 거야. 하지만 아직 고등학생은 아니야."

리수는 숨이 턱하고 막히는 기분이 들었다. 이제 하루 남았다.

"과거에는 중학생이었고, 미래에는 고등학생이고, 현재의 너는 뭐야?"

"나는…… 그러니까……."

"이리 와 내 옆에 앉아."

"왜?"

"나랑 친구하기 싫어?"

"그건 아닌데……."

"그럼 올라와."

리수는 낑낑거리며 버섯 위에 올랐다. 송충이는 리수를 도와주지 않았다.

"자."

송충이가 폭죽을 내밀었다. 리수는 고개를 저었다.

"미안. 난 폭죽이 무서워."

"폭죽이 왜? 폭죽은 널 해치지 않아."

"폭죽은 환경오염을 일으킨데."

리수가 허둥지둥 대답했다. 송충이가 킬킬 웃으며 리수 손에 억지로 폭죽을 쥐여 주고 불을 붙였다. 그러더니 다른 손으로 휴대전화를 꺼냈다.

"친구가 된 기념으로 사진 찍자."

"아니, 나는 괜찮아."

리수는 폭죽을 내려놓으려 했다. 송충이는 손이 많았다. 한 손으로는 폭죽을 쥔 리수 손을 잡고, 다른 손에는 자기 폭죽을 쥐고도 수십 개의 손이 더 있었다. 수많은 손이 각각 휴대전화를 들고 리수의 모습을 다각도에서 찍기 시작했다.

"친구는 같이 사진을 찍는 거야."

"나는 싫어!"

리수는 일어나 도망치려 했지만 버섯은 둥글었기 때문에 아무리 뛰어도 같은 자리를 맴돌 수밖에 없었다. 리수는 도리 없이 버섯에서 뛰어내렸다. 바닥은 부드러운 흙이었다. 리수는 손바닥을 긁히고 발목을 삐었을 뿐 크게 다치지 않았다.

"안전한 곳이 있으면 좋겠어."

리수는 절룩이며 걸었다. 갑자기 노랗고 미끄러운 바닥이 나타났다. 바닥에는 흰 줄들이 수많은 방향으로 뻗어 있었다. 리수는 줄을 살폈다. 평범한 줄이 아니었다. 작아지면 더 자세히 보일지도 몰랐다. 리수는 물을 마셨다. 조금만 마셨는데도 몸이 순식간에 작아졌다. 리수는 더 작아지기 전에 빵과 물을 꺼내고 가장 가까이에 있는 줄을 잡았다. 그러자 리수의 몸이 그대로 줄에 끌려 들어갔다.

"빨리 움직여!"

리수의 왼쪽에 있는 생쥐가 말했다.

"어느 쪽으로?"

리수가 물었다.

"어디긴? 앞이지!"

리수는 어디가 앞인지 알 수 없었지만, 생쥐가 자기보고 빨리 가라는 걸 보면 반대쪽이 앞인가 싶어 앞으로 갔다.

"어디로 가는 거야?"

리수가 물었다.

"당연히 앞으로 가야지!"

생쥐가 다그쳤다. 리수는 자기 뒤에 생쥐가 있고, 자기 앞에 새끼 노루가 있다는 것 외에는 아무것도 알 수 없었다. 위아래, 양옆이 없이 앞과 뒤만 있기 때문이었다. 생쥐가 앞이라고 주장하는 방향이 정말 앞이라면 말이다.

"네 뒤에는 누가 있니?"

리수가 생쥐에게 물었다.

"참새. 내 앞에는 노루가 있었는데 네가 새치기를 했어!"

"난 새치기하지 않았어!"

"했어!"

리수는 억울했지만 자기가 노루와 생쥐 사이에 낀 건 사실이었다.

"왜 앞으로 가는 거야?"

"노루를 추월해야 하니까. 원래는 노루만 추월하면 됐는데 네가 와서 이젠 너도 추월해야 해."

"일렬로 갈 수밖에 없는데 어떻게 추월해?"

"빨리 가서 따라잡아 추월해야 해. 그래야 선두에 설 수 있어. 빨리, 더 빨리 가란 말이야!"

리수는 최선을 다했지만 노루 옆에도 틈이 전혀 없어 앞서갈 방법이 없었다. 갑자기 이게 다 우스꽝스럽게 느껴졌다.

"내가 비켜 줄게."

"비켜 준다는 게 뭐야?"

한 줄로만 다니는 생쥐는 비켜 준다는 말이 무슨 뜻인지 이해하지 못했다. 리수도 이 상황에서는 비켜 주는 게 불가능하다는 걸 깨닫고 질문을 바꿨다.

"선두가 되고 싶어?"

"당연하지! 모두 선두가 되기 위해 달리는 거야."

"그럼 내가 널 선두로 만들어 줄게."

"어떻게?"

리수는 자기 뒤를 끊었다. 이제 생쥐가 선두였지만 선이 떨어졌기 때문에 생쥐가 선두가 되어 행복한지는 알 수 없었다.

"내 뒤에는 생쥐가 있었어."

노루가 말했다.

"이젠 내가 있어. 생쥐는 없어."

리수가 말했다.

"내 뒤에 너만 있다고?"

노루가 공포에 질려 외쳤다.

"응."

"넌 절대 날 앞질러서는 안 돼."

"앞지르는 건 불가능해."

"절대 앞지르지 마! 네가 없으면 내가 꼴찌가 되잖아!"

"내가 널 선두로 만들어 줄게."

"네가 어떻게?"

"뒤를 돌아서 내 쪽으로 와."

"거긴 꼴찌 자리야."

"아니야, 네가 뒤만 돌면 여기가 선두야."

"거짓말을 해서 날 추월하려는 거지?"

리수는 자기 앞을 잘랐다. 그리고 선에서 빠져나왔다. 이제 노루와도 떨어져서 노루가 몸을 돌려 스스로 선두가 되었는지는 알 도리가 없었다. 리수는 바닥에 납작하게 붙어 어떻게 해야 빵을 먹을 수 있을지 생각했다. 중요한 건 납작하지 않은 세상이 있음을 안다는 사실이었다. 리수는 이리저리 움직였다. 때로 자기가 단지 앞으로 가는 게 아니라 면을 타고 위로 움직인다거나 곡선을 따라간다는 걸 느꼈다. 리수는 울퉁불퉁한 빵 봉지를 확인하고 들어가 빵을 먹었다. 다시 몸이 커지기 시작했다.

이제 줄 속에 있는 동물들은 보이지 않았지만 대신 레이저 경보기처럼 아주 가는 줄들이 수많은 방향으로 뻗어 있는 모습이 보였다. 어떤 줄은 너무 길어 시작과 끝이 보이지 않았고, 어떤 줄은 원형이거나 8자였다. 많은 동물들이 그 안에서 선두가 되기 위해 온 힘을 다해 경주를 벌이고 있었다. 리수는 노란 바닥을 떠나 걸었다.

"와아!"

리수는 탄성을 질렀다. 여러 색의 팬지, 장미, 들국화, 해바라기가 만발했다. 해바라기는 수백 년 된 은행나무처럼 까마득하게 높았고, 장미, 팬지, 들국화와는 얼굴을 마주할 수 있었다. 노랑나비 한 마리가 술에 취한 듯 비틀거리며 장미에 앉았다가 가까스로 들국화로 옮겨 갔다. 그리고 가쁜 숨을 쉬었다.

"여긴 어디지?"

나비가 물었다.

"들국화 위에 있어."

리수가 가르쳐 줬다.

"난 여기가 어디인지 물었어."

"들국화 위라니까?"

"여긴 꼭 3 같네. 방금까지는 5에 있었는데……. 너도 날갯짓을 할 때마다 1, 5, 3, 4, 2를 마구 오가면 나처럼 멀미를 하게 될 거야."

"난 구불구불한 길을 차를 타고 갈 때 멀미해. 할머니 댁에 갈 때는 그런 길을 지나."

"거긴 2니?"

"산길이라니까?"

"혹시 잠자리를 보면 내버려 둬. 2에서 19로 가는 건 정말 힘들거든."

나비는 다시 비틀거리며 날아갔다.

"자기 할 말만 하고 가네."

리수는 아쉬워졌다. 자기야말로 여기가 어딘지 묻고 싶었다.

"누구나 그래. 너도 그래. 나도 그렇지."

이번에는 잠자리가 대답했다. 잠자리가 얇은 가지 끝에서 온몸에 힘을 잔뜩 주고 있었다. 리수가 커다랬을 때는 잠자리 눈이 두 개로 보였다. 이제 보니 잠자리의 눈은 수만 개는 될 듯했고, 그 눈마다 다른 세계를 담아 만화경을 보듯 어지러웠다. 리수는 멀미가 나 뒤로 물러섰다. 잠자리는 마음에 드는 세계를 향해 날아갔다.

"잘 가!"

리수가 인사했다.

"못 들어. 이제 다른 곳에 갔거든."

노란색과 보라색이 섞인 팬지가 말했다.

"이 정도 거리에서는 들을 수 있어."

리수가 반박했다.

"넌 누군데 그렇게 바보 같은 소리를 하니?"

"난 안리수야."

"안리수가 누군데?"

장미가 물었다. 리수는 난감해졌다. 아까도 설명하지 못했고, 지금도 설명할 자신이 없었다.

"지금 난 아무것도 아니야."

리수가 풀 죽어 대답했다.

"입술이 창백해서 그래. 나처럼 붉은색을 바르면 자신감이 생길 거야."

장미가 말했다.

"아니, 머리를 잘라야 해. 지금은 너무 지저분해."

팬지가 말했다.

"키가 작잖아. 이런 애는 머리를 자르면 더 작아 보여."

"코를 세울 생각은 없니?"

"쌍수부터 해야 하는 거 아냐?"

꽃들이 너도나도 리수의 외모를 품평했다. 리수는 기분이 언짢아졌다. 당장이라도 자리를 뜨고 싶지만 꼭 물어봐야 할 게 있었다.

"혹시 여기서 나가는 길 아는 꽃 있니?"

꽃들이 일제히 웃음을 터뜨렸다.

"아무것도 아닌데 여기서 나가고 싶대."

"여긴 아무나 나갈 수 있는 곳이 아닌데 말이야."

"아무것도 아니니 아무 곳에도 안 가면 되겠네."

리수는 더 물어보는 걸 포기했다. 장미에 난 가시가 점점 뾰족해졌고, 팬지의 향도 지나치게 강해 머리가 아팠다.

"내 꽃잎에 얹힌 먼지를 닦아 주면 알려 줄게."

장미가 자기 몸을 리수에게 밀착했다.

"내가 알아서 나갈게."

"알려 준다니까?"

리수는 가시에 찔릴까 겁이 나 소매로 먼지를 닦아 주었다.

"다 닦았어."

리수는 이제 그만 꽃들에게서 떠나고 싶었다.

"유리 장수는 알 거야. 유리 장수는 뭐든지 알거든."

"유리 장수는 어디에 있는데?"

"계속 가다 보면 갈림길이 나와. 갈림길을 지나면 있어."

"갈림길에서 어느 쪽으로 가야 해?"

"왼쪽."

"오른쪽."

"왼쪽이야."

"왼쪽일까?"

꽃들이 옥구슬이 구르듯 웃었다. 리수는 꽃들을 헤치고 도망치다 가시에 베였다.

"살짝 베인 거야. 별거 아니야."

리수는 상처에 침을 바르고 갈림길이 나올 때까지 걸었다. 한쪽은 반듯하게 잘 닦인 길이었고, 다른 한쪽은 낙엽이 수북하게 쌓이고 나무가 우거져 빛이 잘 들어오지 않았다. 리수는 나무가 우거진 길을 택했다.

"왜 여기로 왔니?"

리수는 목소리가 들린 곳을 찾았다. 노란 바탕에 갈색 줄무늬가 있는 고양이가 꼬리를 길게 늘어뜨린 채 나무 위에 앉아 있었다.

"기왕 어딘가에 가야 한다면 사람들이 별로 안 다닌 길로 가고 싶어서."

"그럼 넌 지금 도착한 거니? 내가 있는 나무 밑에 말이야."

"아니, 너를 보고 잠깐 선 거야."

"잠깐 섰는지, 도착했는지 어떻게 알아?"

"다시 움직일 거니까."

"다시 움직여도 여기로 오게 되면? 길이란 돌고 돌거든."

"다시 안 와. 이 길로 가면 유리 장수 집이 있댔어."

"확실해?"

"가 보면 알겠지."

리수는 짧은 한숨을 쉬고 덧붙였다.

"너 좀 이상해."

"난 이상해. 너도 이상해. 우린 모두 이상하지. 여왕과 크로케 놀이를 할 거니?"

"난 크로케를 할 줄 몰라."

리수가 저도 모르게 뒤로 반 발 물러서며 대답했다.

"목적지를 모르면서 걸을 수는 있는데, 놀 줄 모르면 못 놀아?"

고양이가 킬킬 웃었다. 리수는 약이 올랐지만 반박할 말이 떠오르지 않았다. 고양이의 구부린 앞발이 흐릿해지더니 웃는 얼굴에 이어 몸통이 없어지고 긴 꼬리만 남아 손등을 부드럽게 쓰다듬다 완전히 사라졌다.

"이상한 고양이야!"

리수는 길을 따라 걸었다. 갑자기 꼬리가 다시 나타났다.

"유리 장수를 만난다고 했어, 거울 장수를 만나러 간다고 했어?"

꼬리가 물었다.

"유리 장수."

"아……."

꼬리는 흡족해하며 도로 사라졌다. 리수는 비록 꼬리라고는 해도 돌아와 자기에게 뭐든 말을 걸어 준 게 기뻤다.

길이 끝날 무렵 멀리 분홍색 지붕이 보였다. 가까이 가니 녹색 페인트칠을 한 울타리가 나타났다. 대문은 활짝 열려 있었다. 리수는 정상적인 풍경에 마음이 놓였다.

"안녕하세요?"

리수는 조심스레 안으로 들어갔다. 마당에는 긴 직사각형 탁자가 있었고, 탁자 위에는 온갖 종이들이 산처럼 쌓여 있었다. 리수는 종이 산이 만든 계곡에서 정신없이 무언가를 계산하고 있는 유리 장수를 찾았다. 유리 장수 왼쪽에는 다람쥐 한 마리가 잠들어 있었는데, 유리 장수는 자기가 원하는 걸 찾을 때마다 다람쥐의 몸통을 잡고 흔들었다. 그럼 수많은 종이 중 유리 장수가 찾는 종이가 날아왔다.

"그러지 말아요! 다람쥐가 아플 거예요."

리수가 말했다. 유리 장수는 도대체 무슨 소리를 하느냐는 얼굴로 유리를 보더니 다람쥐를 단단히 잡았다.

"아프니?"

"아니요! 절대요. 그냥 장난이잖아요."

리수는 즉시 괜한 참견을 했다고 후회했다. 유리 장수는 리수를 훑어보았다.

"팔은 왜 그래?"

"넘어졌어요."

"다리는?"

"부딪쳤어요."

유리 장수는 리수에게 흥미를 잃고 다시 무언가를 기록하기 시작했다.

"바쁘세요?"

리수가 물었다.

"바쁘지. 왜 바쁜지는 설명할 수 없어. 아니, 설명하면 안 돼. 하지만 듣고 싶겠지. 그래, 듣고 싶을 거야. 그럼 설명하지 않을 수 없지. 네가 간절히 듣고 싶은 눈치니 말이야."

"아니요, 굳이 설명하지 않아도 괜찮아요. 전 그냥……."

"그렇게까지 간절히 듣고 싶다니 말하지 않을 수가 없군. 나는 지금 사합이론(四合理論)을 만드는 중이야. 수축기가 오면 깨진 유리들이 원상복귀될 테니 더 이상 새 유리를 살 사람이 없겠지. 그래서 언제 수축기가 오는지를 계산하고 있어. 우주의 미래를 계산하는 건 시간을 계산하는 것과 같아. 시간을 완벽하게 계산하게 되면 사람의 앞날 또한 계산할 수 있지. 아, 이런. 네 독촉에 못 이겨 설명하느라 무질서가 100×1,000×1조×2조만큼 증가하고 말았어! 이제 이걸 추가해서 계산해야 해."

"왜 손으로 해요? 컴퓨터가 있잖아요."

"컴퓨터는 계속 기억하려고 하니까. 컴퓨터가 기억을 유지하는 데에는 에너지가 소모되고, 그 에너지는 열이 될 테고, 열은 우주의 무질서를 증가시키고, 그럼 깨진 유리가 다시 붙겠지."

리수는 듣는 사람은 상관하지 않고 떠들어 대는 유리 장수의 말투가 어쩐지 익숙하게 느껴졌다. 유리 장수가 갑작스레 의미심장한 웃음을 지었다.

"넌 뒤를 돌아보고 정말 놀라게 될 거야. 내 계산에 의하면 말이지."

리수는 속는 셈 치고 뒤를 돌았다. 그리고 진짜 기겁했다. 자기와 완전히 똑같이 생긴 아이가 자기를 보고 마찬가지로 놀라 서 있었다. 리수는 거울인지 확인하려고 머리를 쓸어 올렸다. 자기와 똑같이 생긴 아이도 머리를 쓸어 올렸는데 팔의 각도가 달랐다. 거울은 아니었다.

"내 계산이 정확했어!"

유리 장수가 의기양양해서 소리쳤다.

"저 애가 들어오는 걸 보고 말한 거잖아요."

리수가 말했다. 유리 장수는 머쓱한지 자는 다람쥐를 흔들었다.

"나 안 잤어. 정말이야."

다람쥐가 화들짝 놀라 말하더니 다시 잠이 들었다.

"와, 언젠가 이런 날이 올 줄 알았어!"

리수와 똑같이 생긴 아이가 말했다.

"넌 누구니?"

"넌 누군데?"

"나는…… 그냥 나야."

"당연하지. 나도 나니까. 몇 살이야?"

"열일곱."

"나도 열일곱 살이야. 이제 딱 17년 남았어."

리수는 무슨 말인가 생각하다가 소리쳤다.

"내가 17년 후에 죽는다고?"

"아니, 내가 17년 후에 태어난다고."

"그게 무슨 소리야?"

"너는 너에게 가고 나는 나에게 가지."

유리 장수가 끼어들었다.

리수는 분명히 가만히 있었고, 다른 리수도 발을 움직이지 않았는데 두 사람의 거리가 조금 멀어졌다.

"왜 멀어진 거야?"

리수가 물었다.

"네가 움직인 거 아니야?"

"난 안 움직였거든?"

"시간이 팽창하고 있어서 그래."

유리 장수가 신이 나 설명했다.

"내가 어떻게 벌레구멍에 들어왔는지 너무 궁금했어. 널 만난 걸 보니 곧 알게 될 것 같아."

다른 리수가 멀어지며 소리쳤다.

"벌레구멍에 어떻게 들어왔는지 몰라?"

리수도 큰 소리로 말했다.

"아직 들어오지 않았으니까."

"들어왔는지 모르는데 어떻게 벌레구멍에 있어?"

"결과가 있으니 원인이 있지."

"원인이 있으니 결과가 있는 거야!"

"결과가 없는데 어떻게 원인이 있을 수 있어?"

"설마…… 네가 내 미래란 말이야?"

"네가 내 미래지. 예전에 나는 아주 늙었어. 살면서 하나씩 내게 생겨난 일들의 원인을 찾아왔지. 이제 첫 번째 원인인 내가 태어나기까지 17년 남았고 말이야."

"그럼 이미 모든 게 다 결정된 거야?"

"원인이 다 나오지 않았는데 결정되긴 뭐가 결정돼?"

"결과는 이미 다 나와 있잖아!"

"무슨 소리를 하는 거야? 난 아직 어떤 원인도 선택하지 않았는데……."

"내가 여기 들어왔잖아. 벌써 다 선택했단 말이야!"

"난 아직 선택하지 않았거든?"

다른 리수가 손바닥으로 확성기 모양을 만들어 외쳤다.

"피차 자기가 선택한 건데 뭐가 문제야?"

유리 장수가 툴툴거렸다.

리수는 다른 리수와 대화가 불가능해지기 전에 반드시 해야 할 말이 떠올랐다.

"---를 조심해!"

리수는 발을 동동 굴렀다. 자기도 해야 할 말이 있었다. 유리 장수가 있는 집은 이제 성냥갑처럼 작게 보였다. 무슨 말을 하든 들리지 않을 것 같았다.

다른 리수는 작은 점처럼 되더니 사라졌다. 리수는 유리 장수에게 물었다.

"다른 내가 나와 같은 선택을 하지 않게 하려면 어떻게 해야 하죠?"

"방금 조심하라고 말했잖아."

"거리가 너무 멀었어요. 제대로 못 들었을 거예요."

"네가 못 들은 건 내가 어쩔 수 없어."

"말한 게 나예요."

"말했으면 됐잖아."

리수는 가슴이 답답해졌다. 경고해야 했다. 자기와 같은 선택을 하게 내버려 둘 수는 없었다. 그런데 그게 언제 시작된 거지? 아니, 어떻게?

유리 장수는 다람쥐를 흔들어 새 종이를 불러왔다. 그리고 한참을 계산하더니 물었다.

"넌 언제 ---가 시작됐는지 궁금한 거야, 어쩌다 ---가 시작될지가 궁금한 거야?"

"둘 다요!"

"둘 다는 안 돼. 언제 ---가 오는지 알려면 어쩌다 오는지 알 수 없고, 어쩌다 오는지를 알려면 언제 오는지는 알 수 없어."

"왜요?"

그때 흰 토끼가 왔다. 리수가 따라 온 바로 그 흰 토끼였다.

"무사했구나!"

리수가 반갑게 말했다.

"여왕님이 크로케 경기 초대장을 보내셨습니다."

토끼는 리수 말은 들은 척도 하지 않고 유리 장수에게 초대장을 넘겼다.

"벌써 크로케 경기가 시작됐다고? 안 돼! 아직 계산을 반도 마치지 못했단 말이야."

유리 장수가 비통하게 외쳤다.

"여기 초대장을 받으세요."

토끼가 리수에게도 초대장을 건넸다.

"나, 나는 크로케를 할 줄 모르는데……."

"여왕님의 초대를 거절하실 건가요?"

토끼가 물었다. 리수는 어쩔 수 없이 초대장을 받았다.

"늦으면 안 됩니다."

토끼는 회중시계를 보더니 허겁지겁 뛰어갔다. 리수는 초대장을 펼쳤다.

> 사랑의 여왕이 지평선에서 열리는 크로케 경기에 안리수 씨를 초대합니다.

"정말 내 이름이 적혀 있어."

리수는 사방을 둘러보았지만 어디가 지평선인지 알 수 없었다. 토끼가 늦으면 안 된다고 말했다. 유리 장수가 커다란 모자에 다람쥐를 넣더니 슬픈 얼굴로 어딘가를 향해 걸었다. 리수는 유리 장수가 크로케 경기장에 가려니 하고 따라갔다.

"빨리! 서둘러."

"안 그러면 우리 다 갈가리 찢길 거야."

앞에서 웅성거리는 소리가 들렸다. 9, 2, 3이라고 적힌 트럼프 카드가 넓은 꽃밭에 하얀 바람꽃을 정신없이 심고 있었다. 트럼프가 인기척에 몸을 돌렸다. 종이로 된 트럼프의 몸이 눈물에 젖어 눅눅해져 있었다.

"그만 울어. 몸이 녹아 없어지겠어!"

리수가 달랬다.

"왜 이렇게 늦게 왔어? 꽃씨는 구해 온 거지?"

3번이 말했다.

"무슨 꽃씨?"

리수가 어리둥절해 물었다.

"사랑의 여왕님이 노란 장미 한 송이를 심으라고 했는데, 노란 장미를 구하지 못했거든."

"노란 장미 한 송이가 없으면 초록 튤립 다섯 송이를 심어야 해."

"물론 그나마라도 있었다면 우리가 이러고 있지는 않을 거야."

"아쉬운 대로 빨간 국화 오십 송이를 심으려고 했지만 보다시피 일곱 송이밖에 없어."

"그래서 부족한 꽃을 바람꽃으로라도 채우려는 거야."

"부족해, 터무니없이 부족해!"

"어쩔 수 없어. 바람꽃을 노랗게 칠해!"

트럼프들은 물감으로 꽃을 칠하기 시작했다.

"바람꽃은 국화보다 작아. 이런 걸로는 속지 않을 거야."

3이 좌절해 주저앉았다. 리수는 주머니를 뒤졌다. 빨간 국화 씨 세 개와 바람꽃 씨 아홉 개가 나왔다.

"이거라도 보탤래?"

"정말 고마워, 1!"

"난 1이 아니야."

리수가 반박했다. 카드들이 리수를 위아래로 훑었다.

"1 맞네. 아니어도 1을 해야 해. 우린 1이 필요하거든."

"왜?"

"궁극의 진리는 42니까."

"사랑의 여왕님이 오십니다!"

트럼펫 소리가 울렸다. 트럼프들이 모두 엎드려 머리를 조아렸다. 사랑의 여왕이 남편과 기사 카드, 일반 숫자 카드들을 이끌고 나타났다. 사랑의 여왕, 남편, 기사 카드는 몸통과 머리, 팔, 다리가 도형으로 이루어졌는데 일반 숫자 카드는 모두 납작했다. 여왕은 꽃밭을 살폈다. 바람꽃에서 노란색이 칠했던 순서와 반대 방향으로 사라져 흰색이 드러났다.

"노란 장미를 심으라고 했더니, 바람꽃으로 눈속임을 하려 들어? 저놈들을 찢어 버려라!"

트럼프들이 끌려갔다. 리수는 말리고 싶었지만 여왕이 자기도 찢어 버리라고 할까 봐 무서웠다.

"너는 왜 절을 하지 않지?"

여왕이 엄하게 물었다.

"절을 해야 하는지 몰랐어요."

리수가 화급히 대답했다.

"몰랐다니, 너는 입체니 목을 쳐야겠구나!"

"전 크로케 경기 초대장이 있어요."

리수가 허둥지둥 초내장을 꺼냈다.

"분명 당신이 보낸 초대장이에요."

남편이 말했다.

"크로케 경기를 할 줄 아니?"

여왕이 물었다. 모른다고 하면 목을 치겠다고 할 것 같았다.

"네, 할 수 있을 것 같아요."

여왕은 리수를 살폈다.

"그럼 가자."

지평선에서 크로케 경기가 시작되었다. 리수는 경기장 입구에 쓰여 있는 놀이하는 법 설명을 읽었다. 돌아가며 기둥 문, 막대, 공 역할을 맡아서, 가장 많은 기둥 문에 공을 넣은 조가 우승하는 놀이였다. 할 수 있을 것 같았다. 리수는 막대를 받았다. 막대는 돌돌 만 일반 카드였고 공은 구겨진 카드였으며 문은 엎드린 카드였다. 리수는 차마 공을 치지 못했다.

"안 치고 뭐해? 네 차례잖아!"

사랑의 여왕이 눈을 부라렸다. 리수는 덜덜 떨며 막대를 들었다.

"너, 거기 똑바로 안 해?"

사랑의 여왕이 다른 곳으로 갔다. 리수는 막대를 끌어안고 주저앉았다.

"넌 착하구나. 괜찮아, 쳐."

막대가 말했다.

"그래도 돼?"

"치면 알아."

리수는 막대를 살짝 휘둘렀다. 공은 막대가 다가오자 굴러서 막대에 맞은 척했다. 토끼가 북을 쳤다.

"교대!"

리수는 이제 자기가 막대나 공 역할을 하나 보다 했다. 그런데 그게 아니었다. 여왕과 왕, 기사들이 서로 막대를 교환했고, 문 역할을 하던 일반 카드들이 위치를 바꿨다.

"나는 10년째 막대 역할을 하고 있어. 해마다 내년에는 선수가 된다고 들었지. 경기 시작 전에 여왕에게 말했더니 내 말이 다 맞다면서 내년에 선수가 될 거래."

리수에게 안긴 막대가 말했다.

"다들 똑바로 안 해? 입체가 되지도 못할 거면 입체를 방해하지 말란 말이야!"

심판이 고래고래 고함을 질렀다.

"이건 말도 안 돼요."

리수가 유리 장수에게 말했다.

"난 이제 유리를 팔 수 없게 되었는데도 긍정적으로 사고하려 노력하고 있어. 그런데 넌 매사에 불평불만만 늘어놓는구나."

유리 장수는 리수가 귀찮은지 다른 곳으로 갔다. 리수는 그런 정도는 아무렇지도 않게 받아들인 스스로가 대견했다. 오늘 하루가 평소보다 더 길게 느껴지는데도 한 번밖에 울지 않았다. 리수는 알아서 피할 수 있는 공을 찾아 경기장을 둘러보았다. 기둥문은 사랑의 여왕, 기사, 심판의 눈을 피해 지친 몸을 뉘였다. 공들은 막대와 짜서 요령껏 서로를 다치지 않게 했다. 그걸 눈치챈 여왕이 공을 밟고 막대로 쳤다. 둘이 흘린 눈물이 리수에게 튀었다.

"점수를 내지 못하는 자는 경기장을 떠날 수 없어! 점수를 못내고 경기장을 떠났다가는 목을 칠 테다!"

사랑의 여왕이 눈을 부라리며 악을 썼다.

"지당하신 말씀입니다."

남편이 말했다.

리수는 무서웠다. 그만 경기장을 나가고 싶어졌다. 그러려면 한 점이라도 내야 했다.

"환호성부터 질러."

막대가 속삭였다.

"뭐?"

"질러!"

"와! 한 골 넣었다!"

리수는 소리치고 기둥 문 앞으로 갔다. 그러자 공이 몸을 굴리며 기둥 문을 통과했다. 그러더니 도로 돌아왔고, 기둥 문은 거꾸로 돌리는 영화처럼 일어나 뒷걸음질로 사라졌다. 누군가는 리수처럼 공을 넣기 전에 환호성을 질렀고, 다른 이는 공을 넣고 환호성을 질렀지만 공이 거꾸로 돌아와 무효가 되었다.

"난 점수를 냈어. 그만 갈래."

리수는 경기장을 떠나려 했다. 아무리 걸어도 경기장은 끝나지 않았다. 리수는 달렸다. 한참을 달렸는데도 러닝머신에서 뛰는 것처럼 제자리였다. 리수는 좌절해서 주저앉았다. 주머니에서 뭔가가 바스락거렸다.

"빵이 있었어! 몸이 커지면 경기장을 빠져나갈 수 있을 거야."

리수는 빵을 먹었다. 너무 커지면 눈에 띌 터라 조금만 먹으려고 했는데 일단 먹기 시작하자 멈출 수가 없었다. 하루 종일 먹은 게 빵 한두 입뿐이었으니 당연한 일이었다. 갑자기 땅이 멀어졌다. 그러더니 어느 순간 머리가 구름을 지났다. 몸의 비율도 이상해져서 목이 너무 길어 몸통이 보이지 않을 정도였다. 갑자기 까치가 날아와 리수의 얼굴을 쪼려 했다.

"이 못된 뱀!"

"난 뱀이 아니야! 난 안리수야!"

"거짓말하지 마! 내 알을 훔치러 왔지?"

"뱀은 머리카락이 없잖아. 봐, 난 목덜미…… 아니, 이젠 목이 너무 길어졌지. 턱 끝까지 머리카락이 있어."

"흠……."

까치는 꼼꼼히 리수의 머리를 살폈다.

"그러네. 이런 회색 머리카락이 있는 뱀은 본 적이 없어."

"회색이라니? 내 머리는 검은색이야."

"회색 맞아. 게다가 점점 하얗게 변하고 있는걸?"

"뭐?"

리수는 손을 뻗어 머리카락을 앞으로 넘기려 했다. 하지만 손은 아직 구름 아래에 있었고 아무리 힘을 줘도 너무 느리게 올라왔다. 리수는 손을 올리는 걸 포기하고 머리를 흔들어 머리카락이 앞으로 넘어오게 했다. 정말로 머리카락이 할머니처럼 하얗게 변하고 있었다.

"말도 안 돼!"

"네 발은 어린아이고, 몸통은 어른이고, 얼굴은 할머니야. 어른이 할머니까지 오는 데는 시간이 걸리지. 네 손이 머리카락에 닿을 무렵이면 네 얼굴은 다 늙어 있을 거야."

"난 17살이야. 아직 할머니가 아니야!"

"넌 어린아이였고, 어른이었고, 할머니였어."

"아냐, 난 어린아이였다가 이제 17살이 된 거야."

"어린아이일 때는 기억하면서 할머니일 때는 기억하지 못하다니 정말 이상한 애야."

"아니야, 그렇지 않아. 난 할머니가 될 수 없는걸!"

그때 아래에서 소란이 일었다.

"사랑의 여왕님의 휴대폰이 없어졌다!"

트럼프 카드들이 리수의 몸을 타고 올라왔다. 그리고 리수에게 물을 먹이려 했다.

"싫어!"

카드는 리수가 싫다고 말하는 틈을 타 리수의 입에 물을 부었다. 리수는 다시 작아졌다.

"재판을 시작한다!"

토끼가 외쳤다.

리수는 어느새 피고인석에 앉아 있었다. 변호사는 아까 꽃씨를 심던 트럼프 카드 9였다.

"다행이다. 목이 잘리지 않았구나."

리수가 말했다.

"응."

9는 서류철을 넘기느라 건성으로 대답했다. 서류에는 아무것도 쓰여 있지 않았다.

"난 휴대폰을 훔치지 않았어. 알지?"

"쉿."

9가 검지로 입을 막았다. 여왕이 판사석에 앉았다.

"휴대폰을 잃어버렸다고 주장한 게 여왕 아니야? 그런데 왜 판사석에 있어?"

유리가 물었다.

"여왕이잖아."

9번이 대답했다.

"증인을 불러라!"

여왕이 외쳤다. 벼룩이 높은 호를 그리며 뛰어왔다.

"증언하라."

여왕이 말했다.

"아무것도 아닌 게 유리 탁자에서 열쇠를 가져와 문을 열었습니다. 그리고 문을 잠그지 않아서 벌레들이 우리 정원에 침입했어요."

벼룩이 '우리'를 강조하며 말했다.

"누구나 들어올 수 있는 정원이야. 게다가 그건 휴대폰하고 상관없잖아. 이의를 신청해야 하는 거 아니야?"

리수가 9번에게 말했다.

"가만히 있어 봐. 내가 다 알아서 할게."

9번이 빈 서류를 넘기며 대답했다.

"다음 증인을 불러라!"

여왕이 말하자 초파리가 들어왔다.

"할아버지께서 말씀하시길 아무것도 아닌 게 울어 대는 바람에 물에 빠져 죽을 뻔했다고 했습니다."

"거짓말이야!"

리수가 자리에서 벌떡 일어났다.

"난 혼자 울었어. 내 눈물에 빠져 죽을 뻔한 사람은 나 하나뿐이야!"

"죄인을 조용히 시켜라."

여왕이 말하자 기사 카드가 리수에게 눈을 부라렸다. 리수는 하마터면 다시 울 뻔했다.

"괜찮아. 아무 일도 아니야."

리수는 스스로에게 말했다.

"다음 증인은 누구지?"

여왕이 물었다. 9번이 일어났다.

"접니다."

"말하라."

"안리수, 지금 휴대폰이 있니?"

리수는 9번이 자기 이름을 불러 준 게 너무 기뻤다.

"없어. 내 건 망가졌어."

"안리수는 자기 휴대폰이 망가졌다고 말했습니다."

9번이 말했다.

"그래서 내 휴대폰을 훔쳤군."

여왕이 알겠다는 듯 고개를 끄덕였다.

"아니야! 떨어져서 망가졌을 뿐이야!"

"내 휴대폰을 훔쳐가서 망가뜨리기까지 했단 말이야?"

여왕이 목청을 높였다.

"난 너희에게 내가 가진 꽃씨를 다 줬어. 그런데 어떻게 나한테 이럴 수가 있어?"

리수가 9번에게 소리쳤다.

"너도 내가 끌려갈 때 보고만 있었잖아."

9번이 대답했다.

"할 수 있는 만큼은 널 도왔잖아! 난 저녁도 못 먹었어."

"꽃씨? 지금 꽃씨를 줬다고 했어? 꽃씨는 어디서 났지?"

여왕이 기회를 놓치지 않고 물었다.

"훔친 거야."

기사가 다 안다는 듯 말했다.

"여왕을 만나지 않는 법을 자기 자신에게 알려 주려 했습니다!"

유리 장수도 고발했다.

"나는 아무것도 훔치지 않았어!"

리수가 항변했다.

"목도리! 왜 목도리를 하고 있지?"

여왕이 다그쳤다.

"나, 날씨가 추워서……."

"오늘은 따뜻해."

9번이 말했다.

"여긴 실내야. 실내에서도 목도리를 하고 있는 건 너밖에 없어."

다람쥐가 졸린 눈으로 말했다.

"목도리에 휴대전화를 숨겼군. 목도리를 벗겨라!"

여왕이 명령했다. 기사가 리수의 목도리를 잡아 풀었다. 리수는 더 견딜 수 없었다. 손으로 목을 가리고 자리를 박차고 나와 달렸다. 멀리 학교가 보였다. 리수는 개구멍으로 들어갔다. 기어가느라 목을 가린 손을 내릴 수밖에 없었다. 목에는 퍼런 멍이 들어 있었다. 그저께 책상에 부딪쳤다. 거친 땅이 까진 무릎을 자극했다. 어제 넘어져서 다쳤다. 팔에는 쓸린 상처가 있었다. 운동장에서 피구를 하다 생겼다. 다 덜렁대는 자기 탓이다. 리수는 옥상으로 향했다. 문이 잠겨 있었다. 리수는 몰래 열쇠를 만들어 숨겨 놓는 아이들과 종종 옥상에 올라가서 열쇠가 어디 있는지 알고 있었다. 토끼가 난간 위에 서 있는 모습이 보였다. 위험했다. 토끼를 잡으려다 휴대전화가 땅에 떨어져 박살났다.

∞

리수는 눈을 떴다. 엄마 아빠가 보였다. 언니가 누군가를 찾으며 달려갔다. 엄마가 리수를 끌어안았다.

"빨간 여왕은 경찰서에서 조사를 받고 있어. 절대 같은 학교에 다니지 못할 거야."

리수는 눈을 깜빡였다. 온 세상이 흐릿했다.

"내 안경……."

"새로 맞춰 줄게."

아빠가 목이 메어 말했다.

그깟 공놀이

듀나

듀나

소설뿐 아니라 여러 분야에서 활발히 활동 중인 SF 작가로, 1996년부터 온라인 활동을 하면서 영화와 SF 관련 글을 써 왔다. 소설집 《나비 전쟁》, 《면세 구역》, 《태평양 횡단 특급》, 《대리전》, 《아직은 신이 아니야》, 장편소설 《민트의 세계》 등을 펴냈다.

1.

튜바 모선 안은 모든 것이 둥글었다. 중력이, 위아래가 당연하지 않은 세계에서 만들어진 공간이었다.

위아래가 없는 건 지금 내 앞에 떠 있는 튜바도 마찬가지였다. 네 개의 지느러미 겸 팔이 풍차 날개처럼 나 있는 황금빛 항아리 모양의 몸. 동그란 입 주변에 붙어 있는 동그랗고 까만 네 개의 눈. 그 몸은 나를 바라보는 동안에도 너무나 투명해서 얼핏 보면 그냥 공기처럼 보이는 물속을 척추를 중심으로 무심하게 회전하고 있었다.

빠앙 하는 소리가 들렸다. 그 뒤를 이어 새가 지저귀는 듯한 날카로운 소리와 나지막한 메조 소프라노가 번갈아 가며 타닥거렸다. 통역기가 이 문장을 번역했다. 5초도 채 안 되는 노래치고는 내용이 꽤 길었다.

"우리는 지구인들의 요청을 검토했다. 그중 어느 것도 우리가 작업을 중단해야 할 이유가 되지 못한다. 우리는 거부한다."

"하지만 왜? 카이퍼 벨트엔 당신들이 공을 만들 수 있는 재료들이 충분히 있잖아! 우린 거기엔 전혀 관심이 없어! 정 공을 만들고 싶다면 거기서 그냥 만들라고!"

통역기가 번역했다. 빠앙, 찍찌직, 랄라, 빠앙. 딱 3초였다. 저들은 많이 갑갑할 것이다. 내가 모스 신호로 말하는 것 같겠지.

돌아온 답변은 1초 미만으로 더 짧았다.

"우리는 우리의 공을 살릴 중력이 필요하다. 더 빛나는 놀이가 필요하다."

"그럼 다른 행성에서 놀아. 목성과 토성의 위성들은 이미 살아 있다고. 수천 종의 고유 생명체들이 거기에 살고 지구인들이 사는 해저 도시들이 있어. 왜 그것들을 파괴하려 하지?"

"그것들은 더럽다. 우리가 깨끗하게 만들 것이다. 당신들의 어떤 요청도 우리는 듣지 않는다. 때가 되면 우리는 당신들의 행성 표면의 물도 뽑아 정화할 것이다. 그것은 어렵겠지만 그만큼 재미있을 것이다!"

"도대체 왜?"

"그것이 우리의 일이기 때문이다. 그리고 당신은 왜 여기에 신경 쓰는가, 라리사 진-a? 당신도 지구인은 아니지 않은가?"

2.

맞다. 난 지구인이 아니다. 그러니까 인간이 아니다. 저 대화를 나누기 138시간 전까지만 해도 인간이었다. 하지만 아카데미에 입학한 지 5개월밖에 안 되는 사관생도 라리사 진이 순전히 구색 맞추기를 위해 탄 사절선 안나 아흐마토바가 튜바 우주선과 교전 중 파괴되는 바람에 내 존재에 약간의 변화가 생겼다. 아흐마토바의 메인 컴퓨터는 죽기 전에 백업된 승무원들의 정신을 전송하려 시도했는데, 유감스럽게도 성공한 건 라리사 진뿐이었다. 이리나 니콜라옌코 선장의 정신도 10분의 1 정도 남긴 했는데, 자아를 재구성하기엔 충분치 않았다. 하여간 트리톤 궤도를 돌고 있던 비상용 무인 우주선 마리나 츠베타예바에 전달된 라리사 진의 정신과 니콜라옌코 선장의 정신 찌꺼기는 하나로 합쳐져서 싣고 있던 정신 백업용 안드로이드에 옮겨졌고 그게 나다.

20세기 할리우드 영화에서라면 정체성에 대해 고민할 타이밍이었겠지만 그런 고민은 이 기술이 나오기 전에 그 영화들이 미리다 해버려서 나에게 남은 게 별로 없었다. 나에게 주어진 진짜 고민은 '나는 인간인가, 기계인가'가 아니라, 광속 한계 때문에 2시간 딜레이될 수밖에 없는 지구 정부의 코치 없이 튜바 문명과 외교협상을 할 수 있느냐는 것이었다. 잘해도, 못해도 내 이름은 교과서에 오른다. 아, 아주 못하면 못 오르겠지. 태양계 문명이 멸망

할 테니까.

튜바 문명은 지구인이 발견한 세 번째 외계 문명이다. 첫 번째 문명은 '광신도'로 4만8천 광년 저편에서 9시간 동안 전 우주에 《안나 카레니나》한 권 반 분량의 메시지를 열두 번 반복해 뿌리고 침묵해 버렸다. 그 메시지를 번역한 AI 언어학자들은 그게 몽땅 종교적 헛소리라고 결론지었다. 두 번째 문명은 '폭주족'으로, 백조자리 P 근방을 망원경으로 보면 그들이 탄 우주선이 지구에서 135광년 떨어진 성간 공간을 광속의 99.9999999999982퍼센트의 속도로 질주하는 게 보인다. 당연한 일이지만 그들과도 아직은 소통을 못했다.

튜바를 발견한 건 카이퍼 벨트의 지도를 만들던 우주선 아난시 42호였다. 소행성 다섯 개가 연달아 발견되었는데, 이것들 상태가 좀 이상했다. 크레이터 하나 없이 표면이 매끄러웠고 완벽한 구형이었으며 거의 증류수 수준의 순수한 물로 이루어져 있었다. 어떤 정신 나간 존재가 카이퍼 벨트의 얼음들을 모아 정류해 거대한 공을 만들고 있었던 것이다. 아난시 42호는 그 근처에서 감자 모양의 검은 소행성을 하나 더 발견했고 그게 바로 튜바 모선이었다. 튜바 문명은 항성간 우주선을 만드는 대신 속이 빈 소행성 하나를 통째로 움직이는 편을 택했다.

튜바라는 별명은 그들의 음성 언어에서 따왔다. 그들은 음성 기관이 세 개였다. 첫 번째는 튜바처럼 굵직하고 쩌렁쩌렁한 소리를 냈다. 두 번째는 성숙한 인간 여자 목소리와 비슷했고, 세 번째는 플루트나 피콜로처럼 날카로웠다. 고전음악 애호가인 연구가 한 명은 이들의 언어가 루치아노 베리오가 캐시 버버리안을 위해 작곡한 성악곡 같다고 평했다. 그렇다면 버버리안이나 베리오라고 불러도 될 텐데, 그들은 기어코 튜바를 택했다.

튜바들이 카이퍼 벨트에서 증류수 행성을 만드는 놀이에 만족했다면 우리가 당장 신경 쓸 일이 아니었다. 하지만 튜바의 우주선들이 천왕성과 해왕성으로 날아와 위성들과 고리를 건드리기 시작하자 걱정이 시작되었다. 두 달도 되기 전에 천왕성의 위성 미란다가 튜바 우주선에 의해 파괴되었고 그 빈 궤도에 미란다의 잔해로 만든 새 얼음 위성이 만들어지기 시작했다.

더 이상 미적거릴 수 없었다.

3.

츠베타예바의 잠수정에 도착한 나는 드라이어로 얼굴과 잠수복을 말리면서 숨을 크게 들이마셨다. 아무짝에도 쓸모없는 짓이다. 나에겐 더 이상 폐가 없으니까. 콧구멍으로 들이마신 공기는 목밑의 발성기관을 통과했다가 고스란히 다시 콧구멍으로 빠졌다.

그래도 다섯 시간 동안 물에 잠겨 있다가 물 없는 공간에 들어오면 숨을 쉬어야 할 거 같았다.

난 인류를 대표해서 외계 문명과 소통을 할 상태가 아니다. 나자신을 추스르기에도 바쁘다. 의식이 형성되자마자 츠베타예바의 인공지능과 링크되었기 때문에 내 사고방식은 아직도 우주선스럽다. 리소스 절반 이상을 아흐마토바에서 받은 정보를 정리하고 신경을 재배선하는 데 쓰고 있어서 정신이 붕 뜨고 피곤하다. 어딘가 고장 난 것 같기도 하다. 난 지금 금속 맛에 중독되어 끝도 없이 볼 베어링을 빨고 있는데, 이 욕망과 취향이 재배선이 끝난 뒤에도 남는 건가?

굉장한 모험이었다. 츠베타예바를 통째로 몰고 튜바 모선 내부로 침투한다는 아이디어는 니콜라엔코 선장의 아이디어였던 거 같긴 한데, 그래도 성공한 건 대부분 나와 츠베타예바 덕택이었다. 튜바들이 나와 메인 컴퓨터의 링크를 끊고 우주선을 제압했을 때난 정말 울 것 같았다. 단지 눈물이 나오는 대신 귓속이 간지러웠다.

츠베타예바가 모은 데이터는 이미 전송했다. 대부분 튜바 모선에 대한 것이다. 규소와 얼음으로 구성된 두꺼운 껍질 밑에는 수천 개의 공들이 촘촘하게 겹쳐져 있다. 여기서 특이한 점은 모선 내부에서는 중력이 전혀 느껴지지 않는다는 것이다. 이 정도 질량이라면 잠수정에서 $0.04m/s^2$ 정도의 중력이 느껴져야 하는데, 튜바들은 우리가 아직 파악하지 못한 반중력 기술로 이 있으나 마나 한 중력도 제거해 버렸다.

이는 이들의 언어를 번역하면서 어느 정도 예상했던 일이었다. 튜바어에는 고향 행성을 짐작할 수 있는 어떤 단어도 존재하지 않았다. 마치 처음부터 무중력의 우주선에서 진화한 종족 같았다. 이들에게도 중력이라는 단어는 정상 상태인 무중력의 반대되는 의미로, 직역하면 안티 무중력이다. (튜바어에서 '안티'는 피콜로로 640헤르츠의 음을 핑 하고 튕기는 소리에 가깝다.)

도입부를 읽은 독자들은 내가 튜바들과 아주 수월하게 의사소통을 했을 거라고 생각할 텐데, 그건 오해다. 둘의 대화가 자연스러워 보이는 것은 통역기의 인공지능이 어떻게든 말이 되는 튜바어와 영어를 구사하는 데에 자신의 존재 자체를 걸었기 때문이다. 그 과정 중 튜바어를 구성하는 이질적인 사고방식은 은근슬쩍 제거된다. 반대도 마찬가지겠지. 나는 내 말들이 튜바인들에게 어떻게 번역되었을지 걱정되고 궁금했다.

나는 잠수정 창문에 반사된 내 얼굴을 슬쩍 훔쳐보았다. 나를 잠시 엿보다가 외면한 파란 잠수복 차림의 저 아이는 그럭저럭 내가 아는 나랑 비슷해 보였다. 츠베타예바가 내 외모를 재구성하기 위해 최선을 다한 것이다. 하지만 자세히 보면 피부 질감이 다르고 표정 구사를 위해 남겨 놓은 눈썹과 속눈썹을 빼면 털이 전혀 없다. 잠수정에는 가발 세트가 갖추어져 있지만, 상황이 상황인지라 가발 대신 잠수복용 방한모로 만족해야했다.

콰 하는 소리와 함께 잠수정 바깥이 밝아졌다. 청자색 튜바 한 명이 창문 너머로 나를 바라보고 있었다. 처음에 우리는 이들의 색깔이나 무늬가 성이나 종족과 관계가 있을지도 모른다고 생각했다. 하지만 아니었다. 원래는 우윳빛인 이들의 비늘은 비교적 쉽게 염색할 수 있었고 그들의 색과 무늬는 다른 튜바로부터 스스로를 구별하는 의미밖에 없었다. 이유가 무엇이건 튜바 무리는 관상용 금붕어 어항처럼 온갖 색으로 반짝거렸다. 멀리서 보면 꽤 귀엽다.

"라리사 진-a. 나는 _____ 다. 질문이 있다."

청자색 튜바가 스피커를 통해 말했다. 빈칸은 정확한 표기가 불가능하기 때문에 남겨 놓았다. 튜바의 이름은 세 음성기관이 동시에 빽 하고 울리는 소리로 구성된다. 청자색의 이름에는 플루트 소리가 들리지 않았지만 그건 내 귀의 가청 주파수 바깥에 있기 때문이다.

"뭐가 궁금한데?"

"너는 왜 지구인과 협조하는가?"

"나도 지구인이니까?"

"아니다. 너는 기계다."

"그렇긴 한데, 많이들 기계몸으로 갈아타거든. 그런다고 해서 지구인이 아닌 다른 무언가로 여기지는 않아."

"그럼 네 우주선도 지구인인가?"

"츠베타예바? 아니. 하지만 의식 있는 지적 존재니까 같은 대우를 받지. 너네 우주선들은 안 그래?"

청자색은 대답하지 않았다. 당황한 것 같았다. 당황한 건 나도 마찬가지였다. 항성간 공간을 넘어 온 외계인과의 나눈 대화치곤 뭔가 유치했다. 이런 걸 전에 어디서 보았냐면…… 맞다. 소련 청소년 SF 소설이 딱 이런 식이었다. 호전적인 외계인에게 공산주의 유토피아의 장점을 설명하는 씩씩한 지구 어린이.

"지구인인가 아닌가는 그렇게 중요하지 않아."

나는 말을 이었다.

"이전에는 중요했지. 인간인가 아닌가. 하지만 대화가 가능한 온갖 지적 존재들이 만들어지면서 우린 그 구분을 포기해 버렸어. 우주선이건, 스테이션이건, 안드로이드건, 산업 로봇이건, 개량된 다른 동물이건, 우린 모두 시민이야. 아까 내가 지구인이라고 부른 건 실수였을지도 모르겠다. 하지만 얼마 전까지만 해도 난 인간이었고 안드로이드로 정신이 이식된 시민 상당수는 인간 정체성을 갖고 살아가. 그게 크게 중요한 일은 아니지만."

"밤비는 시민인가?"

청자색이 물었다.

귀를 의심한 나는 마지막 문장을 리플레이했다. 잘못 들은 게 아니었다.

"밤비는 시민인가?"

무슨 대답을 해야 할지 몰라 당황하고 있는 동안 두 번째 질문이 들이닥쳤다.

"밤비 엄마는 시민인가? 지구인이 밤비 엄마를 죽였다. 그리고 먹었다."

창문 위에 수많은 사진들이 주르륵 지나갔다. 디즈니 영화 〈밤비〉가 가장 먼저였다. 그 다음에 사냥당하고 도살당하는 수많은 동물들의 사진들이 이어졌다. 마지막을 장식한 것은 20세기 초반 광고 포스터에서 잘라 온 것 같은 칠면조 요리 그림이었다.

그들이 질겁한 건 이해가 됐다. 튜바어엔 사냥이라는 단어가 없었다. 요리, 농업, 목축, 맛도 존재하지 않았다. 다른 생명체의 존재를, 그들을 요리해 먹는다는 사실을 당연하게 생각하지 않는 종족의 언어였다. 그들은 그들의 하루, 그러니까 19시간 20분마다 한 번씩 기계로 만든 밀크셰이크와 같은 연료를 파이프로 위에 주입했고 그 과정에서 아무런 쾌감도 느끼지 않았다.

"밤비와 밤비 엄마는 의인화된 존재야."

나는 설명했다.

"시민처럼 생각하고 말하는 상상 속 동물이라고. 개량하지 않은 동물들은 그렇게 생각하지 못해. 인간들은 한동안 먹고 먹히는 생태계의 꼭대기에 있었어. 살기 위해 다른 생명체들을 잡아먹었지. 지금은 아니야. 에너지와 자원을 얻을 수 있는 더 효율적인 시스템을 만들었으니까. 아직도 인간이 생태계의 일부여야 한다는 사람들도 있어. 하지만 극소수야."

"왜 시민들은 생태계 안의 동물들이 먹고 먹히게 내버려 두는가?"

"우린 자연은 그대로 두는 게 옳다고 생각해. 이유를 설명하라면 잘 모르겠어. 하지만 몇십억 년 동안 존재했던 시스템을 우리 맘에 안 든다고 바꾸거나 없앨 수는 없어."

혼란스러웠다. 몇 분 전까지만 해도 얼음공들을 더 만든다는 핑계로 태양계 문명 전체를 날려 버리겠다고 으르렁거렸던 종족이 지금 디즈니 만화 영화 속 사슴의 죽음에 분노하고 있었다.

불이 꺼졌다. 청자색은 시계 반대방향으로 한 바퀴 돌더니 노래를 흥얼거리며 퇴장했다. 놀랍게도 아는 노래였다. 스코틀랜드 민요 〈애니 로리〉의 도입부였다. 통역기가 그 노래를 번역했다. '반짝이는 어둠 속에 고립된 두 손가락의 이른 소멸.' 청자색은 튜바어의 단어들을 갖고 부조리한 시를 지어 〈애니 로리〉의 첫 부분의 선율을 재조립한 것이다.

얼음공과 〈애니 로리〉, 칠면조와 밤비 엄마가 머릿속에서 빙빙 돌다가 하나로 합쳐졌다. 나는 양손으로 고함이 터져나오려는 입을 틀어막았다.

'애들이야.'

나는 생각했다.

'모두 어린애들이라고!'

4.

튜바 문명은 처음부터 말이 안 됐다. 생각해 보라. 중력과 관성을 통제해 최소한 수백 광년의 거리를 날아 우리 태양계에 도착한 무리가 있다. 당연히 긴 역사를 가진 고도로 발전한 지적 존재겠지? 하지만 그 외계인들이 한 일이 뭔가? 몇십 년 동안 얼음들을 주워모아 공들을 만든 게 전부였다. 이미 행성 대부분에 식민지를 세우고 주변 여섯 태양계에 탐사선을 보낸 과학문명이 코앞에 있었는데 관심도 안 가졌다. 그 문명이 접근하자 한 일이 뭐다? 짜증난 어린애처럼 아무 생각 없이 다가오는 우주선들을 파괴해 버렸다. 간신히 대화를 시작하자 돌아온 답변? "네가 뭐라건 우린 계속 하던 대로 놀 거야."였다. 그래 놓고 이젠 또 우리가 밤비 엄마를 죽였다고 징징대?

앞에서도 조금 말했지만 언어학자들은 처음부터 수상쩍다고 생각했다. 이들의 언어는 환상적일 정도로 음악적이었고 문법은 논리적으로 완벽했다. 하지만 완벽하게 논리적인 문법은 이 언어가 비교적 최근에 인공적으로 만들어졌을 수도 있다는 것을 암시한다. 언어는 시간이 지나면 지저분해지기 마련이니까. 우리가 모은 튜바어 단어 25퍼센트 이상이 최근 3세대 안에 만들어졌을 수도 있다는 소수의견도 있었다. 하지만 어느 누구도 이들이 이렇게 어릴 거라고는 상상하지 못했다!

츠베타예바는 모선 안에서 나와 링크되어 있던 1시간 17분 동안 지금까지 우리가 모았던 데이터의 162배가 되는 튜바어 자료를 집어삼켰다. 대부분은 별 문제 없이 번역되었는데, 그건 그동안 우리가 모은 튜바어 어휘가 실제로 이들이 사용하는 어휘의 대부분이라는 말이었다. 더 어이가 없는 건 부러울 정도로 음악적인 감각이 뛰어난 이들에게 음악이나 시라는 개념 자체가 없다는 것이었다. 어딘가에서 엿들은 〈애니 로리〉의 도입부를 재구성하면서, 청자색은 음악과 시라는 전혀 새로운 영역에 발을 디딘, 아니, 그 새로운 영역으로 헤엄쳐 간 것이다.

과학, 그것도 물리학에 치중한 지식을 제외하면 철저하게 무식한 존재. 이제 막 스스로의 역사를 쌓기 시작한 존재. 막 노래를 부르기 시작한 존재. 우린 보모가 사라진 유아원생과 상대하고 있었다. 이들이 공놀이에 그렇게 집착하는 것도 당연했다. 공 만들기는 그들이 아는 거의 유일한 오락이었다.

지구에서도 이 사실을 눈치챘을까? 츠베타예바가 수집한 데이터가 도착하긴 했을까? 걱정이 됐다. 지금까지 30분에 한 번씩은 꼬박꼬박 날아온 지구 정부의 메시지가 내가 튜바들에게 체포된 지 두 시간 뒤부터 끊어져 버렸다. 그동안 데이터가 지구로 갔을 수도 있지만 아무래도 그럴 거 같지 않았다. 만약 내가 지금 보고서를 작성해서 보낸다면 지구로 가긴 할까? 아니면 저들에게 내 추론을 알려 주는 것에 불과할까? 항성간 우주선을 조종하는 어린아이들은 이 상황에서 어떻게 생각하고 행동할까?

암만 생각해도 답은 하나였다. 츠베타예바를 찾아야 한다. 지금 상황에서 내 유일한 동료는 우주선뿐이었다.

나는 조종석에 앉아 왼쪽 손걸이 밑에 있는 종이책 매뉴얼을 꺼내 잠수정의 장비를 확인했다. 외교선이란 기본적으로 간첩선이며 태양계 내에 모든 전쟁이 사라진 지 154년이 지나가는 지금도 사정은 다르지 않았다. 그리고 지금은 내 일부가 된 니콜라엔코 선장의 경험에 따르면 이런 셔틀 잠수정은 고성능의 스파이 물고기들을 싣고 있기 마련이었다. 검사해 보니 일곱 세트 모두 있었고 상태도 멀쩡했으며 모두 90퍼센트 이상 충전된 상태였다. 나는 잠시 망설이다 잠수정 컴퓨터에 링크해 물고기 상자들을 모두 사출구로 보내고 A형 스파이 물고기들을 분출했다. 10미크론 크기의 기계 물고기 8만6천 마리가 사방팔방으로 흩어졌다. 튜바들은 이들의 존재를 눈치챌 수 있을까? 내 결정은 이들의 사전에 '스파이'라는 단어도, '감염'이라는 단어도, '미생물'이라는 단어도 없다는 사실에 바탕을 둔 것이었다. 하지만 불완전한 사전만 가지고 어떻게 외계 종족의 사고방식을 확신할 수 있을까? 무엇보다 이들은 극도로 청결을 중요시하는 종족이 아니던가?

내가 걱정하는 동안 스파이 물고기들은 조금씩 모선 탐사에 나섰다. 순식간에 10분의 1이 정수 시스템의 필터에 걸려 파괴되었지만 물고기들은 곧 동료들의 경험을 바탕으로 회피 전술을 구사했다. 그들이 흩어지면서 내 감각의 촉도 그만큼 넓어졌다. 곧 모선에 대한 자잘한 정보가 쏟아들어왔다.

데이터가 충분히 쌓이자 나는 벌레만 한 크기의 B형과 E형 물고기들을 100마리씩 보냈다. A형 물고기가 만든 지도를 통해 내가 있는 유닛의 통신 시설에 접근한 그들은 곧 모선의 신경계와 나를 잠수정 컴퓨터를 통해 연결했다.

연결은 예상 외로 쉬웠다. 튜바 모선은 시스템 90퍼센트 이상이 죽어 있었고 운영체계는 극도로 단순했다. 모선의 환경 유지에 인공지능이 동원되긴 했지만 자체 의식의 흔적은 감지되지 않았다. 튜바와 똑같이 생긴 작업용 우주선들 역시 모두 우주선 안에 타고 있는 튜바가 조종하고 있었다. 말이 나왔으니 하는 말인데, 우린 튜바가 우주선과 똑같이 생겼다는 사실을 알아차렸을 때 얼마나 웃었는지 모른다. 우리 기준에 따르면 이들은 20세기 일본 만화 영화에 나오는 거대 로봇과 다를 게 없었다.

찰칵. 츠베타예바의 위치가 확인되었다. 8.7킬로미터 떨어져 있는, 내 잠수정이 있는 창고와 비슷한 공 모양의 공간이었다. 멀다고도, 가깝다고도 하기 어려운 애매한 거리다. 의식의 흔적은 느껴지지 않았다. 하지만 이들이 우주선의 인공지능을 파괴한 것 같지는 않았다. 그들은 그 대신 보다 명쾌하고 단순한 방법을 택했다. 우주선의 에너지 구를 제거한 것이다. 뜯어낸 에너지 구는 100미터도 떨어져 있지 않은 옆의 창고에 보관되어 있었고 여전히 에너지의 흔적이 느껴졌다.

머릿속으로 지도를 그려 보았다. 통로들의 넓이를 고려해 볼 때 잠수정을 몰고 거기까지 돌파하는 건 물리적으로 불가능하다. 바글거리는 튜바들을 피해 내가 직접 나가는 것도 마찬가지다. 물고기들만이 유일한 답이다. 하지만 어떻게? 에너지 구 전체가 필요하지는 않아. 저들이 대비하기 전에 우주선의 의식만 깨우면 되니까. 에너지 구가 없어도 츠베타예바 여기저기엔 자체 에너지를 쓰는 자잘한 기계들이 있다. 물고기들을 이용해 어떻게 이들을 다 모은다면 우주선을 깨울 정도의 에너지는 모을 수 있을지도 몰라. 하지만 그것들이 과연 멀쩡할까? 내가 튜바들에 팔다리가 잡혀 끌려갈 때 우주선은 반쯤 침수된 상태였다. 츠베타예바는 외행성을 도는 위성의 지하 바다 속으로도 들어갈 수 있게 설계되었지만 이렇게 내부가 물에 잠기는 상황까지 대비하지는 않았다.

그러고 보니 생각이 났다. 튜바의 정체가 밝혀진 뒤에 지구 과학자들에게 가장 논쟁이 되었던 것은 어떻게 수생 동물이 과학 기술 문명을 이룰 수 있느냐는 것이었다. 이들 세계의 패러데이와 에디슨과 테슬라는 물이라는 난관을 어떻게 돌파했을까? 아니면 이들의 환경엔 우리가 모르는 다른 이점이 있었던 걸까? 예를 들어 이들이 전기가오리나 전기뱀장어처럼 스스로 전기를 일으키는 종족일 수도 있지 않겠는가? 궁금하기 짝이 없지만 이에 대해 모르는 건 튜바들도 마찬가지일 것이다.

하지만 지금은 이런 공상으로 시간을 낭비할 때가 아니었다. 츠베타예바의 도움을 받을 수 없다면 나 혼자서라도 어떻게든 정보를 지구에 보내야 한다. 지금은 죽어 있는 모선의 시스템을 살려 이용할 수 있지 않을까? 아주 낙천적이 되어 튜바들이 이 죽어 있는 기계들에 대해 아는 게 전혀 없다고 가정해 보자…….

쾅. 불이 다시 켜졌다. 아까 만났던 황금빛 튜바가 바티칸 근위대처럼 알록달록한 부하들을 이끌고 잠수정으로 헤엄쳐 들어오고 있었다. 부하들이 주변을 빙빙 도는 동안 황금빛은 까만 눈 네 개가 거의 달라붙을 정도로 창문에 가까이 접근했다.

"라리사 진-a!"

튜바 반주를 깐 분노한 메조 소프라노가 스피커를 울렸다.

"넌 지금 무슨 짓을 하고 있는 것이냐!"

5.

튜바들이 내가 지구로 보내는 메시지를 차단하고 있을지도 모른다는 내 짐작은 옳았다. 따지고 보면 그들은 그냥 상식적으로 행동한 것이다. 지구 정부와 나에게서 최대한의 정보를 뽑고, 그들에게 가는 정보를 최소한으로 줄이고. 내가 지구로 보내는 정보가 차단되었다는 걸 지구에서 알아차린 순간 그들이 통신을 완전히 끊어 버린 것 역시 당연했다. 외계인의 불가해한 사고방식 따위는 개입되지 않았다. 우리는 적어도 이 부분에 대해서는 상식을 공유했다.

다행히도 그들은 나와 츠베타예바로부터 정보를 뽑아내는 데에 애를 먹고 있었다. 일단 그들은 당시 '다른 언어'와 '번역'이라는 낯선 개념에 당황하는 중이었다. 우리가 튜바어가 아닌 다른 언어로 말을 한다는 것부터 이상했는데, 그게 어떤 과정을 통해 튜바어로 옮겨진다는 건 더 이상했다. 우리의 언어가, 튜바어가 갖고 있지 않은 낯선 개념의 어휘를 포함하고 있다는 사실은 진짜로 이상했다. 나와 츠베타예바가 모선으로 쳐들어갔을 때 그들은 영어를 튜바어로 번역하는 방법을 간신히 깨우친 상태였지만 아직 다른 언어를 건드릴 꿈도 꾸지 못하고 있었다. 그런데 나와 츠베타예바는 생각하고 이야기를 나눌 때 러시아어와 카자흐어와 한국어를 섞어 쓰고 있었던 것이다. 이 세 언어를 영어를 통해 중역하는 것은 기술적으로 어려운 일이 아니었겠지만 그들에겐 '중역'이라는 개념도 낯설었다는 것을 잊어선 안 된다.

나중에 나는 튜바들이 아주 짧은 기간 동안 지구의 언어들에 대해 미신적인 공포심을 갖고 있었다는 사실을 알게 되었다. 그들은 지금까지, 고유명사를 제외하면 5천 개 미만의 단어들로 구성된 안전하고 소박한 세계에서 살았다. 그런데 대화가 시작되고 번역이 이루어지면서 그들 언어의 몇십 배가 넘는 낯선 단어들이 침투해왔다. 티라노사우르스, 카푸치노, 수컷, 목련 같은 단어들은 괜찮다. 가리키는 대상이 뭔지 배우면 되니까. 하지만 로맨스, 정언명령, 애국심은 도대체 무엇인가. 이 단어들은 어떤 힘을 가지고 있는가. 왜 분노나 즐거움 같은 단순한 개념의 유의어들이 이렇게 많은 것인가. 언어의 비논리성과 불규칙함 역시 이들을 괴롭혔다. 그들은 필사적으로 그 비논리성 밑에 숨은 논리를 찾으려 했지만 허사였다.

내가 물고기들을 놀려 모선의 죽은 시스템을 건드리기 시작했을 때 그들이 두려워했던 것도 그 때문이었다. 물고기들은 튜바도 이해할 수 있었고 마음만 먹으면 더 좋은 것도 만들어 낼 수 있었다. 하지만 그 소박한 기계들이 미지의 언어와 결합된다면 어떤 일이 가능할까? '주문'이나 '주술'이라는 단어가 나올 타이밍이었지만 그들은 이 개념들도 이해하지 못했다.

"말하라, 넌 지금 무슨 짓을 하고 있는 것이냐!"

황금빛이 다시 외쳤다.

나는 대답을 할 수가 없었다. 아직 그들이 내 계획에 대해 얼마나 알고 있는지, 내 계획이 그들에게 어떤 영향을 끼치고 있는지 아직 몰랐으니까.

"지구 문명을 대표해서 최선을 다하고 있어."

나는 느릿느릿 대답했다.

"그건 대답이 아니다."

"맞아."

황금빛은 왜 지구인들의 언어에 분노의 유의어들이 그렇게 많은지 온몸으로 깨우치고 있는 것 같았다.

조금 후회가 됐다. 상대가 지구의 바닷물을 강탈해 거대한 얼음공을 만들겠다고 협박하는 외계종족이라면 아무리 상대방을 놀려먹는 게 재미있다고 해도 당연히 이보다는 조심해야 했다. 하지만 솔직히 까놓고 말해 보자. 조심한다고 사정이 나아질까? 우리의 외교적 제스처가 이 말하는 물고기들에게도 먹힐까? 이들의 언어에는 어떤 종류의 뉘앙스도 존재하지 않았다. 지구의 에티켓은 오히려 오해를 불러일으킬 수도 있었다. 저들은 우리의 에티켓을 만든 수천 년의 역사에 대해 아는 게 거의 없었다. 얼마 전까지 밤비 엄마가 진짜로 말하는 동물이라고 믿었던 것들이다.

그렇다면 차라리 패를 다 펼치고 솔직해지는 것도 나쁘지 않겠지.

"어른들을 불러와."

내가 말했다.

"그 질문의 의미를 이해하지 못하겠다."

황금빛이 말했다.

"우린, 그러니까 나는 너희들이 다 성장한 어른이라는 걸 믿을 수 없어. 너희들이 얼음공을 만들려고 우주를 가로질러 여기까지 왔다는 것을 진짜로 믿으라는 거야?"

"우리의 의도를 의심하는가?"

"의심을 풀고 싶다면 내 질문에 대답해. 너희들은 어느 별에서 왔지?"

"우린 언제나 여기에 있었다!"

"그렇지 않아. 15년 전, 그러니까 9사이클 이전만 해도 너희들은 여기에 없었어. 너희들의 사이클 단위만 봐도 알 수 있어. 너희들은 공전주기가 지구의 1.7배인 행성에서 왔어. 우리 태양계에서 그와 가장 비슷한 곳은 화성이지. 하지만 거긴 몇백 년 전부터 우리가 살고 있어. 너희들은 다른 태양계에서 온 거야. 너희가 온 태양계는 어디에 있지?"

"우린 언제나 여기에 있었다!"

"그게 거짓말이라는 걸 너희도 알잖아. 10사이클 전에, 20사이클 전에 너희들은 어디에 있었지?"

침묵이 흘렀다. 사고 속도가 우리보다 빠른 튜바들에게 내가 느꼈던 것보다 훨씬 길었을 그 침묵은 점점 더 길어지고 있었다.

한동안 나는 황금빛이 고장 났다고 생각했다. 정말로 오작동을 일으킨 로봇처럼 멈추어져 있었으니까. 하지만 생각해 보니 그건 당연한 일이었다. 지금까지 어느 누구도 그들의 존재에 대해 질문하고 그에 대한 답변을 요구하지 않았을 것이며, 그들은 지금까지 단 한 번도 그런 상황이 올 것이라고 상상하지 못했을 것이다. 질문이란 타자에게서 오고, 상상력이란 경험에서 오는 법인데…….

내 머리 한구석이 밝아졌다. 츠베타예바가 깨어나고 있었다. 물고기들이 메인 컴퓨터에 에너지를 보내기 위해 우주선에 스며들어 여기저기 손을 보고 있기는 했다. 하지만 이렇게 빨리 깨어날 거라고 예상하지는 못했다. 그럴 수 있는 상태가 아니었다. 내 목표도 츠베타예바를 완전히 깨우는 것이 아니라 잠수정 정도로만 조종해 내 두뇌의 부족한 기능을 채우려는 것이었다. 일이 지나치게 잘 풀려 가고 있었다.

머릿속에 츠베타예바가 보낸 새 지도가 떴다. 이전 지도와 비교했다. 기하학적으로는 크게 달라진 게 없었다. 하지만 재배선으로 혼란스러웠던 내 머리가 이전에 놓쳤던 것이 보였다.

나는 잠수정을 작동시켰다. 선체 주변에 만들어진 소용돌이가 황금빛과 부하들을 내동댕이쳤다. 잠수정은 막 닫히려는 둥근 문을 스치며 창고를 빠져나왔다.

6.

창고 밖은 인간들이 생각하는 복도와는 전혀 달랐다. 위아래도, 직선도 없는, 반투명한 튜브들이 사방팔방으로 가지를 치고 있었다. 거대한 짐승의 혈관 또는 햄스터 천국에 들어온 기분이랄까. 지도를 보면 군데군데 최단거리를 이어 주는 직선 통로들이 몇 개 있었지만 그쪽 보안을 뚫는 건 불가능했다.

잠수정이 지도가 알려 주는 길을 따라가는 동안 나는 에어록으로 뛰어들었다. 수정 같은 투명한 물이 쏟아져 들어왔다. 중력이 없었기 때문에 이들은 꿈틀거리는 젤리처럼 덩어리져 떠다니며 하나씩 다른 덩어리들과 합쳐지다가 잠수정이 방향을 바꾸거나 가감속을 할 때 이리저리 쏠려다니면서 내 몸을 쳤다.

잠수정이 택한 길의 거리는 12.6킬로미터로, 조금 돌아가는 편이었고 목적지는 츠베타예바로부터 2킬로미터 떨어져 있었다. 츠베타예바는 잠수정으로 최대한 길게, 맨몸으로는 최대한 짧게 갈 수 있는 길들 중 가장 짧고 변수에 보다 유연하게 대처할 수 있는 길을 선택한 것이다. 황금빛이 갑자기 창고로 뛰어들지 않았다면 나 역시 고려해 봤을 길이다. 물론 고민했을 것이다. 2킬로미터의 맨몸 질주를 쉽게 볼 수는 없었다. 하지만 츠베타예바가 채찍이라도 휘두르는 것처럼 지도를 깜빡였을 때 나는 별 생각없이 잠수정을 작동시킬 수밖에 없었다. 마치 우주선이 내 의지의 일부를 나누어 가진 것 같았다.

쿵쿵거리면서 잠수정 뒤가 흔들렸다. 튜바와 비슷한 크기에 거의 똑같이 생긴 기계 로봇들이 잠수정에 두 개의 손으로 달라붙어 나머지 두 손이 들고 있는 도구로 잠수정을 공격하고 있었다.

충격음이 들릴 때마다 잠수정 전체가 흔들렸고 선체 표면의 인공 피부가 뜯겨져 나갔다. 피부 밑의 금속판이 하나씩 떨어져 나갔고 물이 쏟아져 들어왔다. 방어용 물고기들을 모두 풀었다. 로봇 두 개가 물고기가 쏜 충격총에 맞아 나가떨어졌지만 아직 네 개가 남아 있었고 계속 새 로봇들이 달라붙고 있었다. 물고기들의 방어 능력엔 한계가 있었다.

저들은 군인이 아니었다. 군인은 전쟁이 있어야 존재할 수 있고, 전쟁에는 타자가 필요하다. 폭발하는 아흐마토바에서 정신이 이전된 뒤로 나는 잠시 그들을 옛날 SF 영화에 나오는 호전적인 군대 무리로 보았다. 정말로 흔해 빠진 외계인 악당같이 말하고 행동했던 황금빛 때문에 그 편견은 더 강해졌다. 하지만 다시 생각해 보면 내가 만난 튜바들은 그냥 현장 노동자들처럼 행동했을 뿐이었다. 고장나 미쳐 날뛰는 기계를 어떻게든 제지하려는 노동자들. 중력 계산에 실패했음에도 불구하고 츠베타예바가 낯선 외계 문명의 모선 속에 그렇게 깊숙이 침투할 수 있었던 것도 처음부터 간첩선으로 설계된 츠베타예바와, 나폴레옹 연구로 박사학위를 받은 학자 겸 가상 전쟁 게임의 디자이너인 니콜라옌코 선장의 잔재, 그리고 바로 그 전쟁 게임에 환장한 15살 사관생도인 라리사진의 정신이 합심해서 낯설기 짝이 없는 군대식 사고방식으로 그들을 공격했기 때문이었다. 그들이 지금까지 상대한 고장난 기계들은 결코 츠베타예바처럼 행동하지 않았을 것이다.

내 잠수정이 두 조각 날지도 모르는 판이었지만 난 심지어 황금 빛도 이해가 갔다. 지구의 물을 모두 강탈하겠다는 협박이 사실이어도 이해가 갔고, 허풍이어도 이해가 갔다. 모두 우리 실수였다. 세상을 더 잘 아는 우리가 아이들을 이해하려 노력하며 더 어른스럽게 굴어야 했다.

선체의 금속벽을 통해 청자색의 목소리가 들렸다. 워낙 시끄러워 잘 들리지 않았지만 내 통역기는 별다른 어려움 없이 그 고함 소리를 번역했다.

"멈추라, 라리사 진-a. 우린 계속 대화를 하고 싶다. 우리는 지구의 문명에 대해, 역사에 대해 더 알고 싶다. 당신은 우리와 대화를 해야 한다. 그들과 만나서는 안 된다. 그들은 당신의 상대가 아니다."

'그들'? 잘못 들은 게 아니었다. 청자색은 계속 '그들'이라고 말하고 있었다. 지금까지 내 추론을 박살 내는 단어였다. 모선에는 튜바를 제외한 다른 무언가가 있었던 건가? 튜바들은 지금까지 그 무언가와 나와 만나지 못하게 하려고 했던 걸까? 그 무언가는 '어른'일까? 여기 어딘가에 과거의 기억을 갖고 있는 어른들이 살고 있는 걸까? 그렇다면 왜…….

잠수정이 동력을 잃고 느려지기 시작했다. 선체 3분의 2가 떨어져 나갔고 남은 부분은 조종실과 밑에 달린 에어록뿐이었다. 나는 수중 스쿠터에 매달려 에어록의 문을 열고 바깥으로 튀어나왔다. 로봇 두 개가 기다렸다는 듯 잠수정 외벽에서 떨어져 나와서 나를 향해 헤엄쳐 왔다. 나는 그들보다 빨랐다. 하지만 튜브 이곳 저곳에서 다른 로봇들과 튜바들이 나를 향해 다가오고 있었다. 순식간에 나는 포위당했다. 원으로 둘러싸인 게 아니라 3차원의 공 모양으로 포위된 것이다.

나는 스쿠터를 멈추었다. 자칫 무리하다가는 주변의 튜바들이 다칠 수 있었다. 청자색의 말이 맞다면 다시 지구를 대표해 저들과 진지한 대화를 나눌 수 있는 길이 열린 것이다. 츠베타예바의 계획이 무엇이건 더 이상 가는 건 무리였다. 왜 갑자기 그들이 태도를 바꾸었는지, '그들'이 누군지는 여전히 알 수 없었지만 그건 차차 알아 가면 된다.

하지만 나에겐 선택의 여지가 주어지지 않았다. 갑작스러운 소용돌이가 일어나 나를 포위한 튜바와 로봇들을 사방팔방으로 날려 버렸고 소용돌이에서 튕겨나온 커다란 물방울이 나와 스쿠터를 삼켰다. 정신을 차리기도 전에 내 몸은 위, 그러니까 내 머리 방향에 난 튜브로 빨려들어갔다.

7.

내가 도착한 곳은 핑크색 공, 아니, 핑크색 조명 때문에 그렇게 보이는 하얀 공이었다. 꽤 컸다. 지름이 축구장 정도? 내가 빨려들어온 입구는 순식간에 사라져 보이지 않았다.

츠베타예바는 기우뚱한 각도로 공 한가운데에 떠 있었다. 여기서 기우뚱하다는 건 내 관점에서 그렇다는 것이었다. 이거야 내가 자세를 바꾸면 즉시 수정할 수 있는 것이었다. 주변엔 내가 보낸 물고기들은 감지되지 않았다. 생각해 보니 츠베타예바와 연결된 뒤로 물고기들이 보내는 신호는 조금씩 희미해졌던 것 같다.

츠베타예바의 에어록은 열려 있었지만 안은 침수되어 있지 않았다. 무지개색으로 빛나는 얇은 막이 물과 공기 사이를 가로막고 있었다. 나는 막을 뚫고 안으로 들어가 문을 닫았다. 우주선은 완전히 깨어나 있었다. 에너지 구를 돌려받은 걸까? 아니면 다른 에너지 원을 찾은 걸까? 나는 조종실 안으로 들어갔다.

눈 네 개 달린 날다람쥐의 하얀 유령이 의자에 앉아 나를 기다리고 있었다.

그 유령이 물리적으로 조종실에 존재했다는 말은 아니었다. 막내 두뇌와 링크된 츠베타예바를 통해 전해진 영상정보가 내 눈으로 들어온 조종실의 이미지와 겹쳐진 것이다.

날다람쥐는 수생동물처럼 보였다. 하지만 육지동물로 보아도 크게 이상하지 않았고 튜바의 괴상한 대칭성은 없었다. 눈만 빼면 지구에서 진화되었다가 화석을 남기지 못하고 사라진 종이라고 우겨도 먹힐 정도였다.

"어서오세요, 사절. 기다리고 있었습니다."

날다람쥐가 말했다. 살짝 함흥 억양이 섞인 표준 한국어. 유령은 내 목소리로, 내 말투로 말하고 있었다.

"불편을 끼쳐 죄송합니다. 우린 오래전부터 여러분과 연락하고 싶었습니다. 여러분과 소통하고 지식을 교환하고 싶었습니다. 하지만 몇 가지 문제 때문에 그게 쉽지 않았습니다. 짐작하셨겠지만, 우리 우주선은 심각하게 고장난 상태입니다. 여러분의 도움을 빌어 수리하고 싶습니다. 고장을 방치한다면 우리뿐만 아니라 이곳 문명에도 큰 위협이 됩니다."

"튜바를 막아 달라는 말이군요."

내가 말했다.

"도움에는 그것도 포함됩니다. 그들은 위험한 존재들입니다. 방치한다면 자멸할 때까지 태양계의 모든 행성을 공격하며 물을 약탈할 것입니다. 순전히 그걸로 공을 만드는 게 재미있다는 이유 하나 때문에요."

이제 모든 게 분명해졌다. 튜바들은 어딘가에 숨은 어른들이 낳은 아이가 아니었다. 그들은 내가 아직도 혀 밑에 넣고 빨고 있는 볼 베어링처럼 우주선의 부품들이었다. 날다람쥐들의 우주선을 운영하기 위해 만든 폰 노이만 머신, 단백질과 칼슘으로 만들어진 의식 있는 기계였다.

순식간에 츠베타예바를 통해 날다람쥐가 보낸 정보들이 내 머릿속으로 쏟아져 들어왔다. 그들의 고향은 1,470광년 떨어진 곳에 한동안 존재했던 태양계였다. 지금은 초신성 폭발로 망상 성운이 흔적으로만 남아 있는 곳.

고향별이 초신성이 될 것이라는 것이 확실해지자 그들은 우주 여기저기에 우주선을 보냈다. 최고 속도가 광속의 30퍼센트인 우주선들에는 날다람쥐들이 타고 있지 않았다. 실려 있는 건 컴퓨터에 실린 그들의 의식과 문명의 기록과 그들의 육체를 재생할 수 있는 유전자 정보였다.

최종 목적지는 지구가 아니었다. 하지만 그들이 아직 모르는 어떤 이유 때문에 우주선은 원래 목적지에서 벗어나 우리를 향해 날아왔다. 그리고 수천 년의 세월이 흐르는 동안 우주선은 조금씩 손상되기 시작했다.

태양계에 가까워지고 튜바들이 깨어났을 때 날다람쥐가 예상하지 못했던 일이 일어났다. 튜바들이 고장난 것이다. 그들은 날다람쥐들을 위한 거주지를 만드는 대신 스스로의 즐거움을 위해 공들을 만들었다. 그리고 그들은 갖고 있는 지식을 총동원해 그 즐거움을 방해하는 모든 요소들을 제거했다.

"우리에게 필요한 건 가스행성 주변을 도는 적당한 크기의 위성이었습니다."

날다람쥐가 말했다.

"목성이나 토성에 놓으면 좋겠지만 천왕성이나 해왕성이어도 상관없습니다. 내부에 바다가 있는 얼음 위성 하나면 우리 문명은 다시 살아날 수 있습니다. 하지만 여러분이 튜바라고 부르는 저 기계들은 그것으로 만족하지 않을 겁니다."

"하지만 그러지 않겠지요. 그 작업이 끝나는 순간 그들의 존재 의미가 사라지니까요. 원래 계획은 어떻게 되었나요? 위성이 만들어지면 튜바들은 다 죽나요?"

"자기복제가 중단됩니다. 20사이클의 수명을 다하면 모두 사라집니다. 그리고 다른 기능을 가진 다른 기계들이 태어납니다."

"하지만 저들은 죽고 싶지 않습니다. 그동안 튜바들은 얼음공만 만들지 않았어요. 호기심을 배웠고 노래하는 법도 익혔습니다. 조금만 더 지나면 그들만의 문명을 싹틔울 수 있어요."

"노래하는 튜바는 소수입니다. 대부분은 공놀이밖에 몰라요. 여러분이 기다리는 동안 저들은 전에 지구 문명과 전쟁을 일으킬 겁니다. 저들에겐 여러분을 멸망시킬 수 있는 지식과 힘이 있습니다. 아직 전쟁에 대해서는 아는 게 없지만 곧 여러분에게 배우겠지요. 이미 영어를 익히지 않았습니까. 여러분은 우주선 부속품의 공놀이 때문에 멸망하고 싶습니까?"

도저히 반박할 수 없었다. 츠베타예바 역시 날다람쥐의 논리를 분석했지만 결과는 같았다. 날다람쥐가 어떤 비밀을 숨기고 있건, 튜바는 지금 태양계 문명의 가장 위험한 적이었다.

"우리가 어떻게 하면 되나요?"

내가 물었다.

"튜바들이 우리 모선이 완전히 깨어나는 것을 막고 있습니다. 지난 10사이클 동안 우린 최선을 다했지만 겨우 1,728분의 1 정도만 살렸을 뿐입니다. 시스템을 키워 모선을 장악하려면 여러분의 도움이 필요합니다. 목성과 토성 궤도에 이미 우리에게 필요한 전함이 한 척씩 있습니다. 프로이데호와 아에테르눔호입니다. 이들은 튜바들의 상대가 안 됩니다. 너무 느리고 약하지요. 하지만 우리가 은폐 장치를 제공할 수 있습니다. 츠베타예바에 모두 실을 수 있을 정도로 작고요. 그리고 아직 튜바들은 은폐 기술의 개념 자체를 모릅니다. 아시지만 이들은 전쟁에 대해 잘 모르니까요. 그건 츠베타예바가 저 은폐 장비를 이용해 저들 몰래 여기서 빠져나갈 수 있다는 뜻이기도 합니다. 두 전함이 모선에 온다면 우린 여러분의 기술과 우리 기술을 결합해 모선의 시스템을 되살릴 수 있습니다. 그 과정 중 전함 두 척이 모두 파괴되겠지만, 이를 낭비라고 생각하지는 않으시겠지요."

8.

츠베타예바는 무사히 튜바 모선, 아니, 날다람쥐의 모선에서 빠져나왔다. 은폐 장치는 완벽하게 작동했고 우리가 달아날 때까지 그들은 전혀 눈치채지 못했다. 아직도 스피커에서는 두 튜바의 목소리가 번갈아 가며 들렸다. 황금빛은 으르렁거렸고 청자색은 애처롭게 호소했다. 난 그들 모두에게 연민을 느꼈지만 내가 할 일은 없었다. 나는 메신저에 불과했고 이제 책임은 태양계 정부로 넘어갔다. 수천 명의 인간과 인공지능 시민들이 고민하고 토론하면서 나보다 현명한 판단을 내리겠지. 내가 미심쩍다고 생각하는 것들, 그러니까 우리와 대화를 나눈 날다람쥐가 지나치게 사람처럼 생각하고 말한다는 것, 프로이데호와 아에테르눔호를 잃는다면 태양계 방위에 심각한 구멍이 생긴다는 것에 대해서도 그냥 넘기지도 않을 것이다. 말이 나왔으니 하는 말인데, 나는 과연 내가 만난 게 날다람쥐이긴 한 건지도 확신할 수 없었다. 튜바들의 기계 지성에 대한 공포증이 자꾸 신경쓰였다.

어쩌겠어. 모든 좋은 것에는 끝이 있다. 150년의 평화는 너무 길었어. 슬슬 다시 고민하고 걱정할 시대가 열린 거야.

'저길 봐.'

츠베타예바가 말했다.

조종실이 어두워졌고 정면 모니터에 영상이 떴다. 우리가 막 지나친 튜바의 얼음공이었다. 아무 흠도 없는 하얗고 완벽한 공과 같았던 이전 작품들과는 달리 이번 공은 표면의 80 퍼센트가 정교한 패턴으로 덮여 있었다. 공을 완성한 뒤 깊이 50미터의 계곡을 꼼꼼하게 파서 물결치며 피어오르는 화사한 얼음꽃들을 그린 것이다. 저들은 어디서 저 아이디어를 얻었을까. 청자색처럼 지구의 예술과 자연에서 아이디어를 얻었을까, 아니면 스스로 자기만의 미의식을 깨우친 것일까. 저들을 그대로 둔다면 다음엔 무엇을 만들까.

궁금해 미칠 것 같았다.

인셉션 안 본 뇌 삽니다

김이환

김이환

2004년부터 지금까지 《양말 줍는 소년》, 《절망의 구》, 《디저트 월드》, 《초인은 지금》 등 열네 편의 장편 소설과 여섯 편의 공동단편집을 출간했다. 2009년 멀티 문학상, 2011년 젊은 작가상 우수상, 2017년 SF 어워드 장편 소설 우수상을 수상했다. 단편 《너의 변신》이 잡지 《Koreana》를 통해 9개 국어로 번역되었고 프랑스에서도 출간되었으며, 장편 소설 《절망의 구》와 《초인은 지금》은 일본에서 만화로 각색되어 출간을 준비 중이다.

평소 좋아하는 판타지, SF, 동화, 추리, 미스테리, 문단 문학 등의 다양한 장르를 넘나들거나 재조합해서 소설을 쓰고 있다.

"너 〈인셉션〉 벌써 열 번도 더 봤잖아. 그 영화가 그렇게 재미있어?"

아무래도 이해가 가지 않아서, 선동은 영만에게 되물었다.

"열 번이라니 무슨 소리야. 오십 번도 더 봤는걸. 그래도 재미있어."

영만의 대답에 선동은 한숨이 저절로 나왔다. 오십 번이라니, 같은 영화를 반복해서 보고 또 보는 게 무슨 의미가 있나? 아니, 재미는 있나?

"선동이 너는 영화라는 예술을 이해 못하는구나. 영상, 음악, 연기 등이 밀도 높게 압축된 종합예술이라서 볼 때마다 새로운 점이 보여."

영만은 영화 전문가라도 되는 듯이 말했다. 원래 아는 척하는 말버릇이 있었지만, 실제로도 똑똑한 친구였다. 행동도 똑똑하게 하면 좋을 텐데, 선동은 생각했다. VR 게임이라면 모를까 영화를 오십 번을 보다니. 그것도 최근 영화도 아니고 〈인셉션〉이라니. 그건 오십 년도 더 된, 아주 오래된 영화 아닌가.

영만은 지난 크리스마스 선물로 부모님에게 〈인셉션〉의 블루레이라는 아주 오래전에 없어진 포맷의 저장장치를 사 달라고 조르기까지 했다. 당연히 영만의 부모님은 사 주지 않았다. 그런 희귀한 골동품은 경매에서 비싸게 사야만 한다. 가격도 가격이지만, 블루레이를 선물로 받고 싶어 하는 중학생이 세상에 또 있을까.

"너는 〈인셉션〉 다시 보고 싶은 마음 없어?"

영만이 물어서, 선동은 싫다고 얼른 말했다. 영만은 항상 휴대용 프로젝터를 가지고 다니면서 틈만 나면 벽에다 대고 자신이 좋아하는 영화를 틀었다. 영화만 본다면 어떻게 참겠는데, 영화 내내 이 장면이 어쩌고 저 장면이 어쩌고 하면서 일장연설하는 통에, 선동은 늘 짜증스러웠다.

선동은 말했다.

"나는 네가 보여 준 다른 영화가 더 재미있었던 것 같아. 새로운 지구를 찾아 우주 여행하는 거. 제목이 뭐였지?"

"〈인터스텔라〉. 〈인셉션〉 다음에 〈다크 나이트 라이즈〉를 만들었고 그다음이 〈인터스텔라〉야. 그리고 전쟁영화를 만들었는데……."

길게 설명 듣고 싶지 않아서 선동은 블랙홀 장면이 좋았다며 얼른 말을 잘랐다. 하지만 영만은 더 신이 나서는 캐물었다.

"그래? 정확히 블랙홀의 어떤 점이 좋았어? 제대로 말해봐."

"내 말은…… 블랙홀을 봐서 더 좋았다고. 요즘엔 VR로 더 실감 나게 체험할 수 있지만, 오래전 영화에서 느껴지는 투박함이 좋았어. 특수효과는 조악한 그림 같고, 음악도 선명하지 않고, 화면도 부옇지만 재미있었어. 우주에 나가기 어려웠던 시절 사람들이 우주에 대해 가졌던 동경심을 알아서 좋았고. 백인 남자가 주인공인 것도 신기하고. 그런 점에서 〈인셉션〉보다 〈인터스텔라〉가 더 흥미로웠어."

"너는 맨날 우주에 가고 싶다고 하더라. 우주가 뭐가 대단하다고. 진정한 우주는 우리 안에 있어."

영만은 그렇게 말하며 자신의 뇌를 가리켰다. 영만의 부모님은 뇌신경학자였고 영만도 뇌에 관심이 많았다. 그것과 영만이 꿈을 다룬 영화를 좋아하는 것과 연관이 있을까?

"그래서 말인데, 오늘은 기억을 지우고 영화를 보려고 해."

영만은 말했다.

선동은 영만에게 캐물었다.

"기억을 지운다는 게 무슨 말이야?"

"〈인셉션〉을 가장 재미있게 봤을 때가 언제인 줄 알아?"

영만은 선동의 질문에 질문으로 대답했고, 선동이 전혀 대답하고 싶지 않은 질문이었다. 영만은 말했다.

"처음 봤을 때였어. 당연히 그렇잖아. 아무것도 모르고 봤을 때가 가장 재미있었어. 하지만 그 기분을 다시 느낄 수는 없잖아. 그래서 어떻게 해야 영화를 처음 봤을 때의 감상을 또 느낄 수 있을까 고민하다가, 영화를 본 기억을 지우고 영화를 다시 보자는 아이디어를 낸 거야."

선동은 정말 할 말을 잃었다.

"그렇게 멍청한 아이디어는 처음 듣는다."

"네가 낸 아이디어인데? 기억 안 나? 내가 아무 정보도 없이 〈인셉션〉 다시 보고 싶다고 하니까, 네가 차라리 〈인셉션〉 안 본 뇌를 사서 달고 영화를 보라고 했잖아. 기억 안 나?"

"내가 그런 말을 했다고? 아무리 그래도 그렇지……. 도대체 왜 그렇게까지 열심히 영화를 봐?"

"재미있잖아."

선동이 말려도 소용이 없었다. 오히려 기억을 지우는 광경을 구경하고 싶지 않냐고 되물어서, 선동은 영만의 집으로 따라갔다. 집에서는 영만의 형 영호가 그들을 기다리고 있었다. 그리고 당연하게도 두 말썽꾸러기 아들을 말릴 부모는 없었다.

선동은 말했다.

"기억을 지워도 아무 일 없어? 부작용이라도 있으면? 아니, 기억은 어떻게 지우려는 거야? 지우고 싶은 기억을 골라 지우는 일이 가능하기는 해?"

"너무 걱정하지 마. 형이 먼저 해봤는데 별 탈 없었어. 영화를 처음 보는 감상을 '두 번째' 한 거야. 멋지지?"

영만은 지난주에 영호가 먼저 기억을 지웠으며 정말로 영화를 전혀 기억 못했다고 했다. 선동은 입을 다물 수가 없었다. 벌써 한 번 해봤다니!

"부작용 없었어?"

"약물을 이용하는 방법은 부작용이 있거든. 하지만 부모님이 약물 없이 전자기파만 쓰는 방법을 새로 개발했어. 약물은 반드시 부작용이 있는데 이건 있을 수도 있고 없을 수도 있대. 뭐였지? 뇌종양이었나? 뇌막염이었나? 아무튼, 이번에는 의식을 백업하고 할 거니까 부작용은 걱정 안 해도 돼. 만약 부작용으로 기억을 잃어버리면 백업해 둔 기억을 다시 뇌에 집어넣으면 돼."

영만은 기억을 마치 컴퓨터 데이터 취급하듯이 말했다. 그게 영만 부모님이 연구하는 일이었지만, 정말 그런 걸 해도 될까? 선동은 걱정이 돼서 손톱을 물어뜯기 시작했다. 겨우 고쳤다고 생각한 버릇이었는데 이런 일이 닥치니 안 할 수가 없었다.

"그러다가 손가락 없어지겠다."

영만은 말했다.

'정 메모리 기계jung memory machine'(그게 영만의 부모님이 지은 기계 이름이었다)는 집 한쪽에 차려 놓은 서재 겸 연구실에 있었다. 영만은 형과 함께 기억을 지울 준비를 했다. 기계는 아주 오래된

책, 자료들, 컴퓨터들, 다른 잡다한 기계 가운데에 있었다. 커다란 의자에 전선이 엉켜 있고 낡은 헬멧이 머리 쪽에 걸려 있었는데, 정말 조악하게 생긴데다가 앉았다간 큰일 날 기계처럼 생겨서 선동은 기가 막혔다.

"〈인셉션〉에 나오는 기계랑 비슷하게 생겼지? 이건 그냥 의자고, 이것도 그냥 헬멧이고⋯⋯. 진짜 중요한 건 옆에 붙은 이 모니터링 컴퓨터야."

영호가 정 메모리 기계의 이곳저곳을 짚으며 설명했다. 이미 한 번 해봤다는 말대로 영만도 영호도 능숙하게 기계를 다뤘다. 영만이 의자에 앉아서 헬멧을 썼고, 이마와 손에 패치를 붙이고, 영호가 컴퓨터를 통해 모니터링을 시작하자 준비는 다 끝났다.

영호가 영만에게 물었다.

"마지막으로 하고 싶은 말 없어?"

"뭐? 마지막? 마지막이라니, 왜 그런 말을 해요?"

오히려 선동이 질겁해서 묻자 영호도 영만도 킬킬 웃었다. 영호는 농담이었다고 말하고, 프로그램을 가동했다. 컴퓨터가 더 빨리 돌아가면서 갑자기 선동의 팔에 정전기가 올라서, 선동은 흠칫 놀랐다.

"일단 뇌를 스캔하고, 컴퓨터 안에 모의 뇌를 만들고, 그곳에 영만이의 정신을 백업한 다음, 뇌에 있는 기억을 바로 지울 거야."

영호는 말하고 키보드를 빠르게 눌렀다. 모든 일이 순식간에 일

어났다. 기계에 앉은 영만은 중간에 잠시 숨을 멈추기도 했고, 눈
동자가 빨리 움직이기도 했다. 모두 끝났다고 말하며 영호가 컴퓨
터에서 손을 뗐을 때 영만은 멍한 표정으로 주변을 둘러보았다.
그리고 영호와 선동을 보더니 원래 선동이 알던 장난꾸러기 영만
의 표정으로 돌아왔다.

영호가 물었다.

"너는 누구야?"

"네 형이다."

영만이 대답하자 영호가 머리를 탁 때렸고, 영만은 낄낄 웃었
다.

"나는 정하은과 정서우의 아들이고 정영호의 동생인 정영만이
지."

"〈인셉션〉이 어떤 영화지?"

영호의 질문에 갑자기 영만은 웃음을 멈췄다.

"어라…… 분명 내가 좋아하고…… 잘 아는 영화인데…… 기억
에 없어……."

"원작 소설을 누가 썼지?"

"모르겠는데. 기억 안 나."

"원작 없어. 오리지널 시나리오야."

영호의 말에 영만은 정말 놀란 얼굴이었다.

"정말 기억 안 나."

영만은 정말로 그가 그렇게도 좋아하는 영화에 대해 아무것도 기억하지 못했다. 신이 난 영만은 〈인셉션〉을 처음 볼 거라면서 선동에게도 같이 보겠느냐고 물었다. 선동은 싫다고 대답하고 집으로 돌아왔다.

이후 영만이 몇 번 기억을 지웠는지 선동은 정확히 몰랐다. 선동이 아는 선, 영만이 나른 이유도 아니고 단순히 영화를 여러 번 보겠다는 바보 같은 이유로 정신을 컴퓨터에 백업했다는 것, 그리고 정말 성공했다는 것이다. 언젠가는 큰일 날 것 같은 예감에 선동은 기분이 좋지 않았다. 하지만 선동이 예상한 큰일은 영만이 부모에게 들켜서 혼나는 정도의 큰일이었지, 그것보다 더 괴상한 일일 줄은 몰랐다.

그때 선동은 VR 게임기로 한참 태양계를 탐험 중이었다. 선동은 우주선을 타고 혜성 따라가기를 좋아했다. 막 목성에서 출발해 화성으로 돌아오고 있는데 게임 화면 위로 이메일이 도착했다는 알림이 떴다.

- 블랙홀을 보러 진짜 우주에 가고 싶지 않아?

발신자는 처음 보는 사람이었다. 누구인지 모르는 사람의 이메일이라면 운동화를 싸게 사라는 내용의 스팸메일이라고 선동은 짐작했다. 그러나 한참 우주선을 타고 날아가다가, 선동은 깨달았다. 운동화 세일즈맨은 내가 우주에 가고 싶다는 걸 모르잖아.

선동은 게임을 끄고 바로 영만에게 전화를 걸었다. 웹캠이 켜지면서 나타난 영만은 컴퓨터 앞에 앉아 한참 게임 중이었다.

"왜 뜬금없이 화상 전화를 해?"

우주에 가고 싶냐는 이메일을 혹시 네가 보냈냐고 선동이 묻자, 영만은 모니터에서 눈을 떼지 않고 대답했다.

"내가 너에게 왜 이메일을 보내? 직접 전화를 하거나……."

중얼거리던 영만은 갑자기 말을 중단하고 카메라를 올려다보았다. 그리고 선동에게 이메일을 자신에게 전달해 달라고 말했다.

이메일을 읽어 보더니 영만은 중얼거렸다.

"내가 백업한 정신 때문인가……."

잠시 말이 없던 영만이 말을 이었다.

"선동이 너는 기억과 의식이 같다고 생각해 다르다고 생각해? 의식에서 기억이 차지하는 부분은 얼마나 될까? 기억은 정보일 뿐이라고 하잖아. 그렇게 가정한다면, 뇌를 그대로 인터넷 공간에 만든다면 정말로 의식이나 정신이 아닌 정보만 복사되는 걸까?"

"도대체 무슨 말을 하는 거야?"

"기억을 지울 때 컴퓨터에 백업한 데이터가 의식을 가지고 인터넷을 돌아다니는 것 같아."

그리고 그 의식이 선동에게 이메일을 보냈다는 것이다. 선동은 놀라서 펄쩍 뛰었다.

"큰일이잖아. 당장 경찰에 신고해야지."

"왜 신고해?"

위험한 일이 아니냐고 되물었더니 영만은 말했다.

"네 친구한테 그러면 안 되지."

"어떻게 내 친구야? 그건 가짜잖아."

"복제품일지언정 살아 있는 의식이야. 게다가 엄마가 만든 가상 뇌가 완벽하게 작동했다는 증거야. 학술적으로도 중요해."

그리고 영만은 이메일 주소로 전화를 걸었다.

- 네가 영만이구나.

낯선 음성이 전화를 받았다. 컴퓨터로 합성한 목소리였지만, 억양이나 말투가 어딘가 영만과 비슷하다고 선동은 생각했다.

"너는 이름이 뭐야?"

- 나는 영만이지.

"나도 영만이라서 그러면 헷갈리는데, 나는 너를 영만2로 부르고 싶은데 어때? 내가 영만1이고."

- 좋을 대로.

"영만2, 너는 지금 어디에 있지?"

- 여러 곳에 있어.

영만과 영만2는 길게 대화했다. 그동안 선동은 뭐라고 말을 해야 좋을지 몰라 조용히 대화를 듣고만 있었다. 영만2는 영만이 컴퓨터에 백업하자마자 자아를 깨달았고, 그대로 있으면 지워진다고 판단해 컴퓨터에 연결한 인터넷을 통해 외부로 정보를 옮겼다. 그리고 인터넷의 많은 정보를 습득하면서 영만과도 다른 자아를 갖게 됐다고 했다.

이메일로 선동에게 연락한 이유는 가끔 대화하고 싶어서라고 설명했다. 여전히 친구를 그리워한다는 사실에 영만은 감탄했지만, 선동은 전혀 기쁘지 않았다.

"미안한데 나는 너와 별로 친해지고 싶지 않아. 너는 영만이도 아니고 살아 있는 사람도 아니고⋯⋯. 나는 싫어."

"실망이다."

선동의 대답에 어째서인지 영만2가 아니라 영만이 화를 냈다. 영만2는 별다른 감정을 내비치지 않았다. 이후로도 계속 영만과 영만2의 대화가 이어졌고, 선동은 통화에서 슬그머니 빠져나와 게임에 몰두했다. 우주선을 타고 태양계를 한참 돌아다녀도 기분은 좋아지지 않았다.

이후로 영만이 선동보다 영만2와 더 많이 대화하는 바람에, 그리고 둘의 대화에 자꾸 선동을 불러서 선동은 기분이 나빴다. 화가 나서 영만의 접속을 차단한 적도 있었다. 영만2는 영만과 친해지고 난 다음에는 선동에게 따로 말을 걸진 않았다. 새로운 친구로 만족한 건지, 아니면 선동의 눈치를 보는 건지 선동은 알 수 없었다. 하지만 아무리 말을 걸지 않는다고 해도, 영만2라는 인공지능이 인터넷 어딘가를 계속 떠돌고 있다는 사실이 계속 선동의 마음에 걸렸다.

걱정은 현실이 되었는데, 며칠 후 집으로 상자가 도착했다. 드론이 집 앞에 던져 놓고 간 상자를 선동의 부모가 무심히 건네며 말했다.

"영만이가 보냈나 보다."

그러나 보낸 사람은 영만이 아니라 영만2였다. 상자를 뜯어 보니 안에는 딜에서 파는 운동화가 있었다. 선동 또래의 중학생이 요즘 가장 갖고 싶어 하는 물건이었다. 달의 낮은 중력에서도 신을 수 있는 신발인데, 아무 필요 없는 지구에서 이상하게 유행이었다.

영만2가 물건을 어떻게 샀지? 선동의 머릿속에 영만2가 해킹 같은 심각한 금융 범죄를 저지르는 모습이 떠올랐다. 큰일이라는 생각에 선동은 영만에게 전화했지만, 영만은 받지 않았다. 선동은 신발을 들고 영만의 집으로 향했다. 그런데 집에는 전혀 모르는 사람들이 모여서 웅성거리고 있었다.

"선동이 왔네. 마침 잘됐다."

사람들 가운데에서 서서 뭔가를 열심히 토론하던 영만이 반가워했다. 멍하니 신발 상자를 든 채로 선동은 낯선 사람들을 둘러보았다.

"네가 선동이구나. 영만2에게서 말 많이 들었다."

처음 보는 사람들이 대뜸 그에게 말을 걸었다. 나이 어린 여자아이도, 나이 많은 아저씨도, 할머니도 다가와서 자신을 소개하며 말했다.

"우리는 영만이의 친구들이야."

- 내 친구들이야.

홈 네트워크와 연결된 스피커에서 영만의 목소리가 흘러나왔다. 처음에 선동은 그게 영만2의 목소리인 줄 알았다. 이전에는 컴퓨터를 합성한 목소리를 쓰다가 영만과 비슷한 목소리로 바꾼 줄 알았다. 그러나 그게 아니라 그건 다른 영만, 영만3의 목소리라고 영만이 설명했다.

"누구라고?"

"인터넷에 의식을 또 업로드했어."

영만의 설명이 이해가 가지 않았다.

"영만2는 나와 다른 의식이잖아. 그래서 새로 내 의식을 업로드했어. 이름은 영만3이야. 영만4도 있어. 영만2와 영만3이 각각 의식을 복제해서 하나로 융합했어. 그래서 또 다른 의식이 됐지. 이분들은 모두 영만 2, 3, 4의 친구분들이야."

선동이 상황을 제대로 이해하기도 전에 이번에는 영만의 부모가 다가와 선동에게 말을 걸었다.

"선동이 오랜만이다. 부모님은 잘 계시니? 너도 영만이처럼 의식을 업로드하러 왔니?"

"아뇨……. 말리러…… 왔는데요……."

선동의 부모도 인터넷에 정신을 업로드했다고 말했다. 영만이

가상 뇌를 활용해 정보를 업로드한 결과가 마음에 들었다는 것이다. 그리고 거실에 모인 사람들도 같은 이유로 찾아온 것이다. 그들이 만난 영만2, 3, 4를 인터넷에서 만나기 위해서. 선동은 손톱을 물어뜯기 시작했다.

"선동이 너는 의식 업로드 안 할 거야?"

영만이 말했다.

- 재미있어.

영만3이 말했다.

- 한번 해봐.

영만4가 말하자, 선동은 화가 나서 꽥 소리쳤다.

"셋 중 한 명만 말해!"

그리고 선동은 왜 영만의 집에 찾아갔는지 목적도 잊어버린 채로 그대로 상자를 들고 집으로 돌아왔다. 복잡한 마음으로 집에 들어왔을 때, 부모가 소파에 누워서 누군가와 대화하고 있었다. 처음에는 왜 아빠와 엄마가 소파에 누워서 말하나 했는데, 다시 보니 각자 다른 사람과 블루투스 이어폰으로 통화하고 있었다. 선동은 물었다.

"누구랑 통화해?"

"친구."

아빠와 엄마가 동시에 대답하고, 그에게서 고개를 돌린 채 통화에 열을 올렸다. 선동은 상자를 들고 방으로 돌아갔다.

사흘 후 선동은 아빠와 함께 텔레비전을 보다가 뉴스 때문에 깜짝 놀랐다.

　"최근 인터넷 공간에 의식을 업로드하는 사람들이 있다는 소문이 퍼지고 있습니다."

　앵커는 말했다.

　"사이버 공간에 기억을 복제해 인터넷상에서 살아가는 사람들이 있다는 소문이 퍼지고 있습니다. 누가 어떻게 기술을 만들었는지 아직 확인되진 않았습니다만, 벌써 꽤 많은 사람이 의식을 업로드했다고 합니다. 정부는 이와 같은 소문이 사실인지 확인하고 있으며, 전문가들은 두뇌를 디지털화하는 기술이 완전하지 않으므로 사용에 주의해 달라고 당부했습니다."

　그리고…… 그것으로 뉴스는 끝이었다. 앵커는 다음 뉴스로 화성의 인공 자기장 장치 건설 상황을 전했다. 저렇게 간단히 끝나다니, 사람들이 인터넷에 정신을 업로드하고 있는데 그냥 넘어가다니, 선동은 당황했다. 게다가 같이 텔레비전을 보던 아빠마저도 심드렁하게 말했다.

　"나쁠 것 없어 보이는데? 편하고 좋지 않을까? 컴퓨터에 내 의식을 올려놓으면 사이버 두뇌가 일하는 동안 나는 쉴 수도 있고 말이야."

　"일은 로봇이 해도 되잖아. 왜 꼭 정신을 다 업로드해?"

선동의 질문에 아빠는 여전히 대수롭지 않다는 듯이 대답했다.

"인간의 의식은 로봇과는 또 다르지. 인공지능과도 다르고."

문득 걱정돼서, 선동은 물었다.

"엄마는 어디 갔어?"

"글쎄……. 친구 만난다고 나갔는데, 나도 잘 모르겠다. 연락할까?"

이후 날이 갈수록 뉴스에 그 소식이 더 자주 흘러나왔다. 하지만 선동처럼 위험하다고 생각하는 사람은 여전히 없었다. 인터넷에 업로드한 의식이 실제 사람보다 사무 능률이 높다거나, 몸이 불편한 사람에게 도움이 되는 기술이라거나, 인간의 뇌에 대한 마지막 신비를 밝혀 낸 기술이라는 긍정적인 뉴스뿐이었다. 기계를 더 많이 만들어서 많은 사람이 의식을 업로드하자는 주장도 간혹 나왔다. 하지만 이 모든 일을 처음 시작한 사람이 영만이라는 뉴스는 나오지 않았다.

그리고 어느 날부터 영만이 학교에 나오지 않았다.

핸드폰으로 불러도 답이 없었다. 왜 연락이 안 되는 걸까, 걱정하던 선동은 영만2나 3에게 물어볼까까지 생각했다. 이상하게 불안한 기분이 든다고 생각했을 때, 핸드폰을 통해서 영만2가 말했다.

- 아무래도 오늘 영만의 집에 가 보는 편이 좋을 것 같아.

"왜?"

선동이 캐물었지만 영만2는 대답이 없었다. 영만에게 무슨 일이 있긴 있나 보다 싶어, 선동은 학교가 끝나자마자 서둘러 영만의 집으로 향했다.

영만의 집 문을 막 두들기려고 하는데, 문이 저절로 열리더니 스마트 스피커를 통해 영만의 목소리가 들렸다.

- 선동아 안녕, 오랜만이다.

"너 왜 학교 안 왔어?"

선동은 소리쳐 물었다. 그런데 영만은 대답이 없고, 거실에는 영만의 부모와 영호만 있었다. 그들은 연구실의 컴퓨터를 거실에 놓고 뭔가를 연구 중이었다. 예전처럼 사람들이 줄을 서 있진 않았다. 다른 곳에도 기계를 만들어 놓고 그곳에서 업로드하고 있을까, 선동은 생각했다.

"안녕하세요, 영만이가 학교를 안 와서 와 봤어요. 영만이는 어디 있나요?"

그리고 스마트 스피커가 대답했다.

- 나 여기 있어.

"여기 어디?"

- 인터넷에.

"너 말고 진짜 영만 말이야. 너는 영만3이잖아……. 4던가? 아무튼, 몸을 가진 진짜 영만은 어디 있어?"

- 인터넷에 있는 내가 진짜 영만이라니까.

그리고 영만의 어머니가 대답했다.

"영만이는 인터넷으로 의식을 완전히 옮겼단다."

"완전히 옮겼다는 게…… 무슨 뜻이에요?"

- 마지막으로 정신을 다시 업로드한 다음 몸은 냉동보관했어. 정신이 인터넷에 있으니 몸은 필요 없잖아. 몸은 병원에 냉동보관 중이야. 그곳에서 의식 없이 잠들어 있어. 이제 진짜 영만은 여기 있는 거야.

냉동보관? 그러면 얼려 놨다는 말인가? 영만이 병원 영안실 같은 곳에 얼어붙은 채로 잠들어 있단 말인가? 선동이 돌아보자, 영만의 가족 모두 그 말대로라는 표정을 지었다. 그 무심한 표정에 놀라 선동은 영만의 집에서 달려 나왔다. 그리고 뛰고 또 뛰었다. 세상이 무섭게 느껴졌다. 길에 있는 사람 모두 사람이 아닌 괴물 같았다. 전혀 모르는 세계로 갑자기 떨어졌는데 뭘 어떻게 해야 할지 모르겠는 기분이었다.

- 너 괜찮아?

핸드폰에서 컴퓨터로 합성한 목소리가 들렸다.

"너 누구야?"

- 영만2.

전화를 받지도 않았는데 어떻게 말을 걸지? 선동은 물었다.

"내 핸드폰 해킹했어?"

- 걱정돼서 그랬어. 미안해.

그제야 선동은 다소 진정하고 뜀박질을 멈출 수 있었다. 핸드폰을 들고 아무 말 없이 걸었다. 곧 영만2가 말을 걸었다.

- 영만 만나고 싶어? 어느 영만과도 연결해 줄 수 있어. 영만, 영만3, 영만4 모두. 대화할 친구가 필요하면…….

"필요 없어."

선동은 계속 걷다가, 이윽고 물었다.

"너는 왜 나를 신경 쓰는 거야?"

잠시 생각하더니, 영만2는 대답했다.

- 영만의 친구니까.

"나 말고도 인터넷에 친구 많잖아. 진짜 영만도 있고, 다른 사람들도 있을 거고. 걔들하고 사귀어. 친해지고 싶다고 신발까지 훔쳐서 보내 주고 정말 소름 끼쳐."

- 신발 훔친 거 아니야. 내가 일해서 번 거야.

"인터넷 속에 있는데 무슨 일을 해?"

- 아니야. 많은 일을 할 수 있어. 합법적으로 일해서 받은 돈으로 합법적인 절차를 통해 사서 보낸 거야.

잠시 망설이던 영만2는 말했다.

- 영만은 계속 자신을 복사하고 있어. 복사한 버전의 영만들은 다른 의식들과 융합하면서 새로운 버전으로 태어나고 있고. 영만뿐 아니라 인터넷의 다른 사람들도 그렇게 해. 한 사람이 수만 개의 의식으로 나누기도 하고, 수만 명이 융합해서 한 명이 되기도 해. 이미 인터넷 속의 인구가 지구 인구를 초과했어. 아마 곧 지금까지 존재했던 모든 인

구를 합친 것보다도 많은 사람이 인터넷 안에 있게 될 거야.

"생각보다 많지 않네."

사실 굉장히 놀랐으면서도, 선동은 아무렇지 않은 듯이 대답했다. 영만2는 말했다.

- 그리고 컴퓨터 안에 현실과 같은 시스템을 구축하고 있어. 지구, 궤도 정류장, 달, 화성까지 아우르는 현실을 컴퓨터 안에 만들어서 그곳에서 실제로 사는 것처럼 살아 볼 수도 있어. 너도 원하면 언제든지 체험할 수 있어.

"그런 설명을 왜 해?"

- 이곳으로 들어오면 영만도 만날 수 있다는 말을 하려고. 꼭 인터넷에 의식 업로드하지 않고 VR로 접속해도 돼.

"그러고 싶은 마음 없어."

- 알았어.

그리고 영만2는 더 말을 걸지 않았고, 선동은 천천히 걸어서 집으로 돌아왔다.

그후로 선동은 방에 틀어박혀서 게임만 했다. 학교도 가지 않고 친구도 만나지 않고 2차 세계대전의 유명한 전쟁터에서 나치 군인을 향해 총을 쏘거나 외계행성에서 괴물들과 전쟁을 벌였다. 어느 날 아빠가 방문을 조심스럽게 노크하더니 선동에게 물었다.

"선동아, 오늘 학교 안 가니?"

"응."

"아빠는 잠시 어디 다녀올 건데……."

조심스러운 아빠의 말투에 선동은 무슨 일이 일어날지 직감했다. 그는 되물었다.

"엄마는 어디 있어?"

- 엄마 여기 있다.

홈 스피커를 통해 엄마의 목소리가 들렸다. 선동은 잠시 생각하다가 말했다.

"엄마 몸은 어디 있어?"

- 병원에 잘 얼려 놨어. 인터넷에 의식을 업로드했더니 몸은 별로 필요가 없어서……. 그리고 아빠도 몸을 냉동보관할 거야.

알았다고, 선동은 웅얼대듯 대답하고 다시 게임에 집중했다. 문 앞에 멀거니 서 있던 아빠는 곧 집을 나갔고, 그날 밤늦게 홈 스피커를 통해 인터넷에 성공적으로 의식을 업로드했다고 소식을 알렸다. 그후로 엄마도 아빠도 선동과는 목소리로 대화했다. 오히려 평소보다 더 자주 선동에게 말을 걸고 시끄럽게 떠들고 잔소리도 했다. 식사 시간에 맞춰 음식을 주문하고 선동이 밤늦게까지 깨어 있으면 일찍 자라고 타일렀다. 같이 텔레비전을 보며 대화도 했다.

"VR을 통해서 접속하면 볼 수 있는데 싫으니?"

부모는 가끔 그렇게 물었는데, 선동은 싫다고 대답했다. 그는 가끔 부모의 방에 들어가서 비어 있는 안을 바라보았다.

그리고 어느 날, 텔레비전이 멈췄다.

그때쯤 선동도 대충 세상이 이상하다는 건 느끼고 있었다. 창밖으로 지나가는 사람이나 자동차가 별로 보이지 않았고, 드론만 열심히 날아다니다가 어느 순간 드론도 잘 날아다니지 않았다. 그리고 텔레비전에서는 아무 방송도 나오지 않았다. 뉴스도 쇼도 없이 단지 일기예보만 나왔는데, 진짜 사람이 아니라 컴퓨터 그래픽으로 사람처럼 만든 캐릭터가 날씨를 설명했다.

한동안 망설이던 선동은 밖으로 나가 보자고 결심했다. 그는 영만2가 준 달 운동화를 신었다. 신어 보니 생각보다 꽤 좋아서 그건 마음에 들었다. 하지만 새 신발을 신었다는 흥분 같은 건 없이 길을 나섰다. 예상대로 길에는 사람이 보이지 않았다. 어디로 가면 좋을까 고민하다가, 누군가 있겠지 하는 생각에 학교에 갔다.

그러나 그곳에도 사람은 아무도 없었다. 텅 빈 교실에 앉아 있는데 웬 로봇이 다가와서 물었다.

"학생, 정신 업로드 안 하고 뭐 해?"

"선생님이에요?"

선동이 되묻자 로봇은 대답했다.

"아니, 수위인데."

로봇은 심드렁하게 대답하고는 돌아갔다. 기다려 봐도 다른 사람이 올 것 같지 않아서 다시 학교를 나왔다. 도시 어딘가에 사람이 있을까? 하지만 찾아서 뭐하나? 대부분 병원 어딘가에 차갑게 얼어 있고, 사람 몇만 남은 도시에 모여서 뭘 할 수 있을까?

- 괜찮아?

핸드폰에서 영만2가 말을 걸었다. 선동은 말했다.

"의식을 컴퓨터에 업로드하려면 어디로 가야 해?"

- 가장 가까운 기계는 영만의 집에 있어. 의식을 업로드하고 싶은 거야?

"응…….. 네가 도와줄 수 있어?"

- 물론.

영만2는 대답했다.

영만의 집에는 꽤 오랫동안 사람이 없었던 것 같았다. 문이 잠겨 있어서 영만2가 홈 시스템에 접속해 열었다. 영만 가족은 없었다. 선동이 소리쳐 불렀으나, 홈 스피커로도 대답이 없었다. 거실 한 가운데에 정 메모리 기계만 덩그러니 놓여 있었다.

영만2가 기계에 접속해 프로그램을 준비했다. 선동에게 전선을 제대로 연결하고, 헬멧을 쓰고, 패치를 붙이는 법을 알려 주는 것으로 준비는 끝났다.

영만2가 물었다.

- 마지막으로 하고 싶은 말 없어?

"내 몸은 얼리지 말아 줘. 하지만 깨어 있기는 싫어. 내 의식은 하나였으면 좋겠거든."

- 인터넷에 접속해 있는 동안 밖에 있는 신체는 의식 활동을 안 했으면 좋겠다는 거지?

"응."

- 그럼 깊이 잠들게 해줄게. 신체를 어떻게 할지는 그다음 천천히 결정해도 돼.

"좋아."

- 시작한다.

영만2의 말이 들렸고, 선동은 헬멧에서 들리는 소리에 집중했다가 잠들었다.

선동은 우주 공간에서 깨어났다. 우주 공간이지만 발을 디디고 서 있을 수 있었다. 그러니까 위아래고 어디고 모두 광활한 우주 공간인데 가운데에 투명한 유리 바닥이 있어서 그곳에 서 있었다.

선동은 눈앞에 있는 거대한 블랙홀을 바라보았다.

- 네가 올 줄 알고 만들어 놨어.

영만2가 옆에 있었다. 그가 알던 평소 영만의 모습이었지만, 목소리는 컴퓨터로 합성한 영만2였다. 꼭 목소리 때문이 아니라도 영만이 아닌 영만2라는 걸 저절로 알 수 있었다. 인터넷에서는 존재하는 것만으로도 다른 많은 의식과 자동으로 접촉이 가능했다.

영만2는 사람들이 태양계 전체를 시스템 안에 그대로 재현했고, 점점 은하계 전체로 넓혀 가고 있다고 말했다. 존재하지 않는 것을 만들어 낸 사람도 있다고 설명했다.

- 너도 원하면 뭐든지 만들 수 있어.

"블랙홀로 충분해."

선동은 대답했다. 〈인터스텔라〉에서 봤던 가르강튀아 블랙홀이었다. 가스와 빛이 특이점을 향해 소용돌이쳤다. 영화같이 장엄한 음악이나 음향효과는 없었지만, 시각적인 이미지는 훨씬 압도적이었다. VR로 체험하는 것보다도 더 멋있었다.

- 진짜보다 더 진짜 같지.

영만의 목소리가 선동의 생각에 대답했다. 돌아보니 영만이 있었다. 네가 올 줄 몰랐어, 영만은 선동에게 말했다. 선동은 대답했다.

"밖에 남은 사람이 없어서 나도 들어왔어."

- 찾아 보면 있긴 있을 거야. 거의 없긴 하지만. 전체 인구에 비하면 아주 적어. 정말 적지.

영만은 대답했다. 그리고 똑같이 생긴 영만도 둘 더 나타났는데, 영만3과 영만4였다. 주변에 똑같이 생긴, 아니면 다르게 생긴 영만이 계속 나타났다. 수천이었다가, 수만이었고…… 곧 수십만이 되었다.

선동은 시선을 돌려서 블랙홀을 내려다보았다.

- 들어가 보고 싶지 않아?

영만이 물었고, 선동은 대답했다.

"들어가 볼까 말까 갈등하고 있어. 들어가서 안을 보고 싶기도 하고 그러지 않고 밖에서만 보고 싶기도 하고."

- 그럼 의식을 둘로 나누면 되잖아.

영만이 제안했다. 그의 말대로였다. 블랙홀에 들어가고 싶은 선동과 그렇지 않은 선동으로 나누면 된다. 이후 두 의식이 융합할 수도 있고, 혹은 정보만 전달받을 수도 있었다. 아니면 둘로 나눈 채로 계속 살아갈 수도 있다. 선동은 어떻게 의식을 나누는지 그 방법도 이미 알고 있었다. 의식을 인터넷에 업로드하면 정보는 그냥 저절로 알게 되는 것이다. 그래서 선동은 자신을 둘로 나눴다.

선동과 선동2는 서로를 바라보았다.

자신과 똑같이 생긴 선동2를 보고 있으니 기분이 정말 이상했지만, 또 선동은 금세 적응했다. 선동2는 선동을 향해 고개를 끄덕인 다음, 블랙홀로 그대로 걸어갔다. 재밌겠는걸, 영만은 중얼거리더니 선동을 따라 블랙홀로 들어갔다. 영만은 그곳에서 의식을 분리하고 선동2와 정보를 주고받고, 서로 융합하고, 다시 분리하면서 또 숫자를 늘렸다.

선동은 여전히 그 광경을 물끄러미 보았다.

- 나도 선동2를 따라갈게.

영만2는 말했다. 선동은 영만2가 자신을 떠나는 이유를 잘 알고 있었다. 그는 선동과 정보를 나누고 싶지만, 선동은 그러지 않을 것이고 선동2는 그럴 것이다.

"나는 집으로 갈래."

선동은 대답했다.

- 안녕.

영만2는 말했다.

"안녕."

선동도 말했다. 영만2는 블랙홀로 들어갔고, 선동과 영만은 그렇게 헤어졌다.

선동이 집으로 돌아오고 나서 얼마 후, 아빠와 엄마도 집으로 돌아왔다. 선동 혼자서 드론이 가져다준 음식을 먹고 있을 때, 엄마 아빠가 몸을 덜덜 떨면서 집으로 들어왔다. 연신 손과 팔을 주무르며 엄마는 말했다.

"병원에서 해동이 잘 안 됐나 봐. 감기 기운도 있고 발에 동상 걸린 것 같아. 피부도 따끔거리면서 아프고."

선동은 멍하니 엄마 아빠를 돌아보다가 간신히 정신을 차리고는, 어떻게 돌아왔는지, 왜 돌아왔는지, 뭐가 어떻게 된 건지 설명해달라고 말했다. 그러자 엄마는 오히려 그걸 네가 왜 모르냐며 되물었다.

"다들 우주로 떠났잖아. 네 의견이었는데 몰랐니? 블랙홀이 우리가 관측한 것처럼 생겼는지 확인해 보자고 했잖아. 네 의견에 영만이 찬성하고 사람들도 다 찬성했어. 우주선을 만들어서 타고 멀리 떠났어. 가지 않고 지구에 남아 육체로 돌아가기로 한 사람들만 남았어. 남은 사람들은 병원에서 몸을 해동하고 의식을 삽입 중이야."

우주로 가 보자고 한 건 그가 아니라 선동2일 것이다. 아무튼, 엄마의 말대로 도시에 사람들이 돌아오고 있었다. 창밖을 내다보면 사람들이 힘없는 걸음걸이로 걸어가거나 뻣뻣한 팔다리를 주무르면서 택시를 기다렸다. 밤이 되자 그동안 불이 들어오지 않던 집과 빌딩에 불이 들어오기 시작했다. 텔레비전에서는 잠에서 덜 깬 표정의 앵커가 뉴스도 진행했다.

그리고 며칠 후 영만도 선동을 찾아왔다.

"머리가 멍해."

냉동보관할 때 뭔가 문제가 있었는지, 혹은 정신 업로드할 때부터 문제가 있었는지 머리가 멍한 증상이 며칠째 있다고 말했다. 병원에서 자세히 검사를 받았는데 의사도 원인은 모른다면서 그냥 심리적인 것일 가능성이 크다고 했다.

"한꺼번에 많은 일이 있었으니까."

선동은 영만의 말에 조용히 고개를 끄덕인 다음 말했다.

"선동2가 우주로 가 보자고 제안했다고 들었어."

"응. 내가 그 말에 찬성했더니 거의 모든 의식이 찬성했어. 내 영향이 컸나 봐. 나는 인터넷의 모든 의식이 같은 힘을 갖고 있다고 믿었는데 아니었어. 내 의지가 가장 강했거든. 내가 처음 인터넷으로 들어왔기 때문일까? 나는 너랑 같이 있고 싶었고, 그래서 다른 의식도 내 의견을 따랐어. 의식은 우주를 여행하다가 가끔 소식을 보내 주기로 했어."

선동은 우주선을 타고 블랙홀을 찾아 우주를 떠도는 자신을 상상해 보았다. 그곳에는 영만을 비롯해 수백억의 의식들이 같이 있다. 그들은 블랙홀에 도착하면 그에게 뭐라고 소식을 보내 올까.

생각에 잠겨 있던 선동은 영만의 말을 듣고 정신을 차렸다.

"심심한데 영화 볼까?"

선동은 고개를 끄덕였다.

"하지만 〈인셉션〉이나 〈인터스텔라〉는 질렸으니까 다른 거 보자."

"배트맨 트릴로지 어때?"

"좋지."

영만은 홈 스피커에 〈배트맨〉을 틀라고 명령했다. 벽 전체를 차지한 텔레비전이 켜지고, 조명이 어두워지면서 영화가 시작했다. 선동과 영만은 예전처럼 나란히 앉아 영화를 보았다.